이기의 세계 ON AIR

이기의 세계 ((●)) ON AIR

게일 앤더슨 다가츠 글 | 백현주 옮김

0:00

봄의정원

차례

에피소드 1
조브 잠비니

마이크 시험 중. 하나, 둘, 셋. 핸드폰에 녹음이 제대로 되고 있나요? 확인 중, 확인 중. 목소리를 조금 낮춰야겠어요. 아빠가 지금 드라마를 촬영하고 있거든요. 촬영장에서 조금 떨어져서 팟캐스트를 녹음할게요.

자, 시작합니다! '이기의 세계'에 오신 것을 환영합니다.

안녕하세요. 저는 진행을 맡은 이기 잠비니입니다. 여러분은 지금 곤충 팟캐스트, '이기의 세계' 첫 번째 에피소드를 듣고 계십니다. 네, 네, 저도 알아요. 곤충은 생각만 해도 소름이 돋으시죠? 그렇다고 방송을 꺼 버리지는 마세요. 곤충 이야기만 하는 것은 아니랍니다. 예를 들면, 오늘은 공상 과학 웹 시리즈 '우주의 초대형 벌레들'의 촬영장에서 녹음을 하고 있어요. 아시다시피 이 웹 시리즈는 우주에 사는 거대한 벌레가 나오는 드라마예요.

우리 아빠 조브 잠비니는 이 프로그램의 감독이에요. 아는 분도 있을 거예요. '피클 속에서: 피클 공장 살인 사건'을 제작하고 연출했죠. 처음 들어 봤다고요? 그러면 '양말 뜨기 콘테스트'는 어때요? 최고의 양말을 만드는 사람을 뽑는 공개 오디션 방송이에요. 이 중에서 혹시 본 프로그램이 있나요? 없을 수도 있겠죠.

어쨌든 아빠가 요즘 만들고 있는 '우주의 초대형 벌레들'은 꽤 인기가 있어요. 저어도 소수의 미니이충이 존재하죠. 유치하지만 재미있어서 사람들이 좋아해요. 의상이랑 세트장은 정말 싸구려예요. 저쪽에 거대한 딱정벌레 의상을 입은 사람이 서 있네요. 엄마가 은박 접시로 만든 거예요. 천 원 숍에서 은박 접시를 사서 검은색 스프레이를 뿌렸죠.

이게 저희 부모님이 하는 일이에요. 초저예산으로 웹드라마 시리즈를 만드는 거죠. 아빠가 이 프로그램의 감독 겸 주연이에요. 엄마는 의상이랑 소품을 만들고, 또 시나리오도 써요. 마침 지금 아빠가 카라 누나에게 배역을 하나 맡겼네요. 우습게도 저에게는 한 번도 배역을 맡긴

적이 없어요.

이 드라마는 크라우드 펀딩을 통해 제작비를 충당했어요. '크라우드 펀딩을 했다'는 말은 사람들이 웹 사이트에 들어가서 조금씩 돈을 모아 줘서 그 돈을 제작비에 보탰다는 뜻이에요. 하지만 이런 식으로는 돈을 많이 모을 수 없어요. 티브이 프로그램을 제작할 정도의 예산에는 턱없이 부족하죠. 그래서 아빠가 티브이 프로그램의 미니 버전인 인터넷 프로그램을 만드는 거예요. 돈이 훨씬 적게 들거든요.

같은 이유로 아빠는 집 근처 자전거 공원에서 촬영을 해요. 그곳에 세트를 만들면 돈을 내지 않아도 촬영을 할 수 있어요. 그런데 전에 우리 동네에서 규모가 큰 영화를 찍기도 했어요. 세이지브러시와 폰데로사 소나무가 빽빽하게 자란 언덕이 있거든요. 여기는 캐나다 브리티시컬럼비아주의 한 언덕이지만 영화감독들은 미국이나 멕시코의 어딘가인 척하면서 영화를 찍었죠. 다른 행성의 배경으로 쓰이는 장소도 몇 군데 있어요. 공상 과학물의 배경으로는 완벽하죠. 배우들이 곤충 의상을 입고 자전거 공원에 있는 모습은 어색하지만요.

"컷! 이기, 거기서 뭐 하는 거니?"

이런, 아빠가 소리를 지르며 이쪽으로 오고 있어요. 이만큼 환영해 주실 줄은 몰랐는데요.

"제가 어떤 잘못을 했는지는 모르겠지만, 일부러 그런 건 아니에요."

제 키는 거의 180센티미터에 가깝지만 아빠랑 이야기할 때에는 조금 올려다봐야 한답니다.

"이기, 드라마 촬영을 하고 있는데 시끄럽게 할 정도로 어리석은 줄 몰랐는데?"

"죄송해요, 아빠. 지금 '이기의 세계' 첫 번째 에피소드를 녹음하고 있어요."

"무슨 에피소드라고?"

"'이기의 세계'요. 제가 하는 방송이에요."

"방송? 누나가 하는 그런 거 말이냐?"

"비슷해요. 누나는 브이로그를 하잖아요."

카라 누나는 인터넷에서 자기 일상을 보여 주는 채널을 운영해요.

"카라의 유튜브 채널은 알지. 그런데 너 누구랑 이야기하는 거니?"

"핸드폰으로 팟캐스트를 녹음하고 있어요. 제가 녹음을 하면 청취자들이 듣는 거예요."

"지금 녹음을 하고 있다고? 마이크는 어디에 있는데?"

우리 아빠는 옛날 사람이에요.

"아빠, 마이크는 필요 없어요. 핸드폰에 녹음 앱이 있어요. 그리고 팟캐스트를 녹음하는 앱이 따로 있어요. 여기 녹음 버튼을 누르고 하고 싶은 말을 하면 돼요. 그런 다음 전송 버튼을 누르면 여러 사이트에 방송이 올라가요."

"네가 하는 방송이 정확히 무엇에 관한 거니?"

"곤충요."

"그렇겠지. 다른 건 없니?"

"왜 그런 식으로 말씀하세요?"

"이기, 너는 곤충에 대해서만 이야기하잖아. 그건 네가 좋아하는 주제이지만, 다른 사람들에게는 좀……."

"지루하다고요? 알아요."

"곤충을 좋아할 나이는 지나지 않았니? 4학년 때 곤충에 관심을 가졌던 것은 이해하지만, 지금은 열네 살이잖아."

제가 이런 대접을 받고 있답니다. 전혀 지지를 받지 못하죠. 저한테 아무도 관심이 없어요. 심지어 아빠마저도요.

"이기, 기분 나쁜 거 알아. 물론 네가 좋아하는 일을 하는 건 참 좋다. 단지……."

"제 팟캐스트 들을 거예요? 핸드폰 주면 어떻게 다운로드하는지 알려 줄게요."

"이기, 지금 바쁜 거 안 보이니? 드라마 촬영 중이잖아. 배우들이 기다리고 있어."

잘 보여요. 거대한 거미 한 마리가 한 발로 땅을 툭툭 차고 있어요. 초대형 메뚜기는 가짜 다리로 등을 긁고 있고요. 아빠는 양손을 허리에 얹고 못마땅한 표정으로 나를 굽어보고 있어요. 또다시 말이에요.

"이기, 내 행동을 일일이 설명할 거니? 너 지금 영화 해설자 같구나. 화면에 안 나오는 장면을 설명해 주는 해설자 말이다."

"청취자들에게 설명하는 것뿐이에요. 청취자들은 아빠가 안 보이잖아요."

"그거 대신 브이로그를 해 보는 건 어떠니? 그러면 말로 설명하는 것보다 쉽게 보여 줄 수 있을 텐데."

"이 얼굴로요? 진심이에요? 이렇게 생긴 남자아이가 곤충에 대해서 이야기하는 영상을 누가 보고 싶겠어요?"

"그게 중요한 건 아니야."

"알아요. 그 사람들은 어차피 제가 곤충에 대해서 이야기한다 해도 관심이 없겠죠. 그래서 제가 첫 번째 에피소드를 '우주의 초대형 벌레들' 촬영장에서 녹음하는 거예요. 아빠의 웹 드라마를 배경으로 하면 팟캐스트가 더 재미있을 것 같거든요."

"좋아, 좋아, 그러던지. 다만 촬영장에서 더 떨어져서 조용히 해 주렴. 배우들을 여기에 세워 두려고 돈을 지불하는 건 아니거든. 지금 제작비가 낭비되고 있어."

한숨 소리에 이어 아빠의 발걸음 소리가 들려요. 아빠가 저에게 또 실망한 것 같아요.

"이기! 조용히 하고 나가라고 했지!"

이런, 고함을 칠 필요는 없는데 말이에요.

"죄송해요, 아빠."

"지금 당장!"

"가요, 간다고요."

이곳에서 나가야겠어요. 지금까지 '이기의 세계'를 들어 주셔서 감사합니다. 다음 에피소드도 기대해 주세요. 두 번째 에피소드에서는 유명한 카라 누나를 만날 수 있을 거예요. 왜 유명하냐고요? 아빠는 왜 누나에게만 웹 드라마 배역을 주고, 저에게는 주지 않냐고요? 좋은 질문이에요. 다음 시간에 그 해답을 들으실 수 있을 거예요.

에피소드 2
카라 잠비니

안녕하세요! '이기의 세계'에 오신 것을 환영합니다. 저는 이기 잠비니입니다. 지난 에피소드에서 우리 아빠 조브 잠비니를 만나셨죠? 아빠는 웹 드라마 시리즈 '우주의 초대형 벌레들'의 제작 및 감독, 주연을 맡고 있어요.

이번 에피소드도 드라마 촬영장에서 진행할 거예요. 오늘은 저희 누나 카라 잠비니를 소개해 드릴게요. 누나는 패션 브이로그 '나는 멋지지만 너는 내가 아니야'를 운영하고, 또 웹 드라마 '우주의 초대형 벌레들'에서 아빠가 연기하는 '작 잠보니'의 사랑스러운 딸 역을 맡고 있어요.

지금 누나가 베이스캠프에 있는 것 같아요. 촬영장의 베이스캠프는 주로 배우들이 분장을 하거나 촬영 중간에 쉬는 곳이에요. 우리는 낡은 캠핑카 한 대와 아빠 친구가 버리려던 텐트 트레일러 한 대가 전부이지만 말이에요. 누나는 아마 늘 그렇듯이 트레일러 안에서 핸드폰만 쳐다보고 있을 거예요. 자, 텐트를 열어 보겠습니다!

우리 누나를 소개해 드릴게요.

"누나, 인사해."

"야, 뭐 하는 거야? 내 얼굴에서 핸드폰 치워, 멍청아."

예상치 못하셨겠지만, 이게 바로 누나가 자신의 매력을 보여 주는 방식이랍니다.

"누나, 그러지 말고 인사 좀 해 줘."

"내 말 안 들려? 핸드폰 치우라고!"

"왜 그래? 누나는 하루 종일 붙들고 있으면서."

"하루 종일은 아니야. 유튜브 찍을 때만 들고 있는 거지."

"유튜브를 찍지 않을 때에는 셀카를 백 장씩 찍느라 늘 들고 있던데."

"그건 구독자들에게 내가 무엇을 하는지 알려 줘야 하기 때문이야. 어쨌든 나 지금 쉬고 있으니까 이곳에서 나가."

이것 보세요. 누나는 자기가 여왕이라도 되는 것처럼

손을 휘휘 저으며 저를 내쫓고 있어요. 늘 이런 식이죠. 누나는 자기가 아주 예쁘기 때문에 저 같은 건 내쫓아도 된다고 생각해요. 완벽하게 세팅된 머리, 잡티 없는 피부, 가지런히 빛나는 흰 치아. 아빠는 누나가 스타의 외모를 가지고 있대요. 그래서 누나를 '우주의 초대형 벌레들'에 캐스팅한 거겠죠. 어쨌든 그렇게 얘기했어요. 제 생각에는 진짜 배우를 캐스팅할 돈이 없는 것 같지만요.

"다 들었어! 세상에, 너 정말 무례하구나. 나는 팬이 있는 진짜 배우야. 네가 생각하는 것보다 훨씬 팬이 많다고."

제가 카메라 앞에 설 만한 외모가 아니라는 것은 알아요. 감자처럼 생긴 코는 밖에 나가면 추워서 빨갛게 되죠. 얼굴에 비해서 눈은 너무 크고요. 게다가 머리는 빨간 곱슬머리예요. 빗으로 눌러도 금세 빗자루 털처럼 부스스해지죠. 아빠는 제 모습이 인형극 머펫 쇼에 나오는 비커 같대요. 그게 뭔지 모르겠지만요. 아빠가 그 말을 했을 때 엄마가 아빠를 찰싹 때린 걸로 보아 멋진 캐릭터는 아닌 듯해요.

"이기, 너 비커랑 똑같이 생겼어."

"어떻게 알아? 누나는 그 쇼 안 봤잖아."

"인터넷에서 찾아봤지. 자, 보여 줄게."

와, 정말 너무하는 거 아닌가요. 캐릭터 인형이 가운을 입고 있는 걸 보니 과학자인 것 같은데, 눈이 부리부리하고 머리가 부스스하네요. 얼굴은 마치 대벌레처럼 좁고 길고 볼품없어요. 잠깐만요. 그렇다면 저희 가족이 저를 대벌레처럼 생겼다고 생각한다는 거잖아요!

"맞아, 이기."

이젠 화가 나지도 않네요. 여기 떠오르는 스타인 누나가 있고, 그 옆에 볼품없는 인형을 닮은 제가 있어요. 병원에서 아기가 바뀐 걸까요? 그럴 수도 있죠. 하지만 저는 아빠처럼 길고 말랐어요. 아마도 아빠는 저에게 모욕감을 줌으로써 자신이 비커를 닮았다는 사실을 외면하려는 것일지도 몰라요.

"아빠는 너에게 모욕감을 주지 않았어."

"아니. 누나, 난 모욕감을 느꼈어. 그리고 아빠는 나를 위해선 시간도 내주지 않잖아. 촬영장에서 내쫓는다고."

"그건 네가 말을 너무 많이 하니까 그렇지. 아니다. 네가 벌레에 대해서 말을 너무 많이 해서 그래."

누나가 '벌레'라는 말을 어떻게 발음하는지 들으셨죠? 혐오스러운 대상이라도 되는 듯이 말해요.

"진짜 혐오스러우니까. 그런데 너 누구랑 이야기하는 거야?"

"팟캐스트 녹음 중이야."

"팟캐스트? 주제가 뭐야?"

"곤충."

"장난하지 마. 네가 벌레에 대해서 이야기하는 방송을 듣고 싶어 하는 사람이 어디 있겠니? 주제 파악을 해."

"누나도 브이로그 하잖아. 화장이랑 옷이랑 그런 것들에 대해 핸드폰에 이야기하는 점에서는 비슷해. 내가 잘난 척하는 것 같아? 심지어 누나의 유튜브 제목은 '나는 멋지지만 너는 내가 아니야'잖아."

"그거야 연기하는 거지. 자신만만한 척하는 거야."

퍽이나!

"어쨌든 난 그냥 말만 하는 것보다는 많은 일을 하고 있어. 구독자들에게 인기 있는 메이크업이랑 패션을 보여 주지. 너도 팟캐스트를 하려면 좀 더 흥미로운 주제를 찾아 봐."

"예를 들면?"

"글쎄, 벌레가 아닌 것들?"

"하지만 내가 잘 아는 분야는 곤충인걸. 그게 내가 좋아하는 거야. 누나는 유튜브 채널도 열었고, 부모님의 웹 드라마에도 출연하잖아. 나도 나만의 무언가가 필요해."

"그래서 팟캐스트를 하려는 거야? 설마 질투심 때문에?"

"아니야! 뭐, 어느 정도는 그럴지도 모르지. 아빠는 웹 드라마 감독이고 누나는 배우야. 엄마는 작가고. 다들 유명해. 하지만 내가 좋아하고 잘 아는 것은 곤충이야. 근데 아무도 내가 곤충에 대해서 이야기하는 것을 듣고 싶어 하지 않아. 과학 선생님조차 나에게 과학 시간에 곤충에 대해 강의하는 것을 멈추라고 하셨어. 대신 팟캐스트를 해 보는 게 어떻냐고 제안하셨지."

"하, 정말 웃기다. 과학 선생님마저 질리게 해 버리다니."

누나는 저에게 상처를 줄 때 꼭 자기가 카메라 앞에 있는 것처럼 머리카락을 휙 넘겨요. 예쁜 척하는 거예요.

"안 그랬어."

"그랬어."

"이기, 인기 있는 팟캐스트를 원한다면 사람들을 인터뷰해 봐. 아니면 근사한 곳을 소개하거나. 청취자를 원하긴 하는 거지?"

"그래서 내가 '우주의 초대형 벌레들' 촬영장에 있는 거야. 여기가 얼마나 멋진데. 그리고 지금 누나를 인터뷰하고 있잖아."

"너 설마 이 쓰레기 같은 대화를 공개하려는 건 아니지?"

"글쎄."

"이거 올리면 네가 반려동물로 키우는 소름 끼치는 사마귀들 다 내다 버릴 거야."

"안 돼."

"그럴 거야."

우리 누나는 그럴 수 있는 사람이에요. 한번은 귀뚜라미 상자를 제 양말 서랍에 처박은 적도 있어요. 제 방에서 나는 귀뚜라미 노랫소리가 싫다나요? 물론 제 옆방이 누나 방이긴 해요. 저는 양말 사이사이에서 귀뚜라미를 한 마리, 한 마리 찾아야 했답니다. 저 여자는 위험해요. 하지만 저는 위험을 무릅쓰겠습니다.

"할 테면 해 봐. 난 이 파일 삭제하지 않을 거야."

"이기, 그거 올리면 너도 하늘나라로 올라가는 거야. 핸드폰 이리 내!"

도망가야 해요. 진짜로 뛰어야 한다고요. 누나가 핸드

폰을 뺏으려고 하고 있어요. 지금까지 '이기의 세계'였습
니다. 세 번째 에피소드는 '여왕벌 만나기'입니다.

"팟캐스트 올리기만 해 봐. 멍청아, 경고했다."

끝!

에피소드 3
여왕벌 만나기

소음은 무시해 주세요. 누나가 캠핑카 문 앞에서 들어오겠다고 소란을 피우는 소리예요. 제가 지난 에피소드를 올려서 누나가 기분이 좋지 않아요. 하지만 곧 괜찮아질 거예요. 이번에는 조금 오래갈지도 모르겠지만요.

'이기의 세계'에 오신 것을 환영합니다. 저는 이기 잠비니입니다. 이번 에피소드에서는…….

"이기, 뭐 하고 있니?"

"엄마."

"이번에는 대체 누나에게 무슨 짓을 한 거니?"

"아니에요. 아무것도 아니에요."

"엄마, 걔 거짓말하고 있어요. 야, 핸드폰 내놔. 누가 들기 전에 삭제할 거야."

누군지 아시겠지요? 누나예요. 캠핑카 밖에서 소리를 지르고 있어요.

"카라, 엄마 일하고 있어. 논쟁은 다른 곳에 가서 해라. 안 그러면 둘 다 핸드폰 뺏길 줄 알아."

우리 엄마예요. '우주의 초대형 벌레들'의 진짜 천재랍니다. 저는 엄마를 '여왕벌'이라고 불러요. 아빠가 감독이기는 하지만, 실질적으로 드라마를 이끌어 나가는 사람은 엄마예요. 엄마는 캠핑카의 작은 테이블에 앉아서 노트북으로 작업을 하고 있어요. 조금 다른 이야기이지만, 아빠의 촬영이 늦어지는 날이면 전 저 테이블 위에서 잠을 자기도 한답니다. 거의 매일이긴 하지만요. 테이블을 펼치면 침대가 되는데 저에게는 작아요. 지금은 엄마가 책상으로 사용하고 있어요.

"엄마, 인사하세요."

"누구에게 인사를 해?"

"저 팟캐스트 시작했어요."

"뭐?"

우리 엄마도 옛날 사람이에요. 엄마에게 모든 것을 설명해 줘야 해요.

"온라인으로만 들을 수 있는 라디오 프로그램 같은 거예요."

"나도 팟캐스트가 뭔지는 알아. 네가 그걸 시작했다고 해서 놀란 거지. 어떤 팟캐스트니? 주제는 뭔데?"

"정말 물어봐야 해요?"

"곤충이구나? 누굴 대상으로 하니? 청취자는 몇 명이야?"

"사실 이제 막 시작했어요."

"아직 청취자가 아무도 없는 거야? 그러면 내가 첫 번째 청취자기 되어야겠구나. 어디서 듣는지 알려 주렴."

엄마의 노트북에 주소를 입력할 동안 잠시 핸드폰을 내려놓을게요.

"좋아. 여기 들어가서 그냥 클릭만 하면 되는 거지? 이 장면만 수정하고 들어 볼게."

'이기의 세계' 첫 청취자는 우리 엄마예요. 제가 하는 일이 그렇죠, 뭐.

"이기, 엄마는 늘 너의 열성적인 팬이 될 거야."

"네, 엄마. 고마워요."

전에 말했듯이 엄마는 웹 드라마 시리즈의 메인 작가예요. 사실 작가는 한 명뿐이죠. 의상 대부분을 직접 만들고요. 그래서 엄마는 늘 피곤하지요. 머리도 항상 헝클어져 있어요.

"내 머리가 그렇게 헝클어져 있니? 아직 샤워를 하지 못했거든."

"아니에요. 멋져요."

제 머릿결이 누굴 닮았는지 알았어요. 엄마의 유전자 군요. 제가 병원에서 바뀐 아이는 아닌 거예요.

"네 머리는, 음…… 개성 있어. 이기, 너와 좀 더 이야기하고 싶지만 지금은 대본을 고쳐야 한단다."

"하지만 엄마, 웹 드라마에 등장하는 곤충 캐릭터를 만들 때 어디서 영감을 얻는지 인터뷰하고 싶어요."

"미안하다. 지금은 시간이 없어. 아빠가 오늘 안에 다음 장면까지 찍고 싶어 해. 배우들도 대본을 원하고. 다음에 이야기하자. 내일 아침에 공원에서 자전거 경주가 있다는구나. 이해하지?"

"아마도요."

"내일 학교 다녀와서 인터뷰하는 건 어떠니?"

"네."

엄마는 대본 집필에 몰두하고 있어요. 아마 내일도 인터뷰에 내줄 시간이 없을 거예요. 엄마와 아빠는 언제나 너무 바쁘니까요.

좋아요. 엄마가 어디서 영감을 얻는지 제가 직접 알려 드릴게요. '우주의 초대형 벌레들'에 영감을 준 건 바로 저예요. 제가 아니라면 적어도 제 곤충들이죠.

오늘 곤충 한 마리를 가져왔어요. 곤충 상자에서 꺼내 볼게요. 암컷 중국왕사마귀예요. 크기가 제 손바닥만큼 커요. 몸통과 날개는 갈색이지만 날개에 초록색 줄무늬 가 한 줄씩 있어요. 그래서 덤불 위에 있으면 잘 안 보인 답니다.

머리는 하트 모양이에요. 양쪽에 큰 눈이 달려 있죠. 사 실은 눈이 다섯 개예요. 이마 가운데에 세 개 더 있어요. 멋지지 않아요? 앞다리에는 가시가 있어서 다른 벌레를 잡아먹어요. 음, 암컷 사마귀는 종종 수컷 사마귀의 머리 를 뜯어 먹기도 해요. 엄마가 아빠에게 화가 났을 때 몇 번 그 사실을 언급한 적이 있어요.

"이기! 너 그 부분도 방송하는 건 아니지?"

이런, 엄마가 듣고 있을 거라고 생각하지 못했어요.

"아니요, 엄마. 당연히 아니죠. 나중에 편집할 거예요."

편집하지 않을 거예요.

어쨌든 왕사마귀가 머리를 갸우뚱했어요. 저를 살펴보

려는 것 같아요. 정말 귀여워요! 이런 곤충들은 시력이 좋아서 멀리 있는 사람까지 볼 수 있어요. 방 안에서 놓아주면 누나나 엄마나 아빠가 아니라 저에게 날아와요. 저를 알아보는 거예요. 저와 함께 있으면 안전하다고 생각하나 봐요.

오늘 이 사마귀를 소개하는 이유가 있어요. 캠핑카 창문 밖으로 곤충 의상을 입은 배우 몇 명이 서 있는 모습이 보여요. 다음 장면에서 저 곤충들이 인간을 공격할 거예요. 엄마는 사마귀를 본떠 의상을 만들었어요. 다른 사마귀가 아닌 바로 이 왕사마귀가 드라마 캐릭터에 영감을 주었죠. 엄마는 제 곤충을 보고 외계인에 대한 아이디어를 얻었어요. 그래서 제가 인정을 받았냐고요? 절대로 아니에요. 상처만 받았어요.

사실 저는 그렇게까지 곤충에 빠져 있지 않아요. 만일 우리 가족이 저녁마다 집에 갈 수 있다면 곤충을 데리고 다닐 필요가 없어요. 하지만 학교가 끝나면 누나와 난 촬영장으로 곧장 와야 해요. 오랜 시간 동안 곤충들만 내버려 둘 수가 없어서 이곳에 데려오는 거예요. 거의 대부분의 시간을 촬영장에서 보내기 때문이에요.

그 점이 정말 별로예요.

"이기, 정말이니? 우린 영화를 만들잖니. 너에게 좋은 점도 있을 거야."

엄마 말이 맞는 것 같아요. 핼러윈에는 분장을 고민할 필요 없이 촬영 의상 하나를 입기만 하면 돼요. 저는 해마다 학교에서 열리는 핼러윈 의상 콘테스트에서 상을 받았답니다.

촬영장에 늘 음식이 있다는 것도 장점이에요. 천막 아래 펼쳐진 테이블에 진수성찬이 차려져 있어요. 아빠는 음식을 아껴서는 안 된다고 말해요. 함께 일하는 사람들에게 음식을 배불리 주면 보수가 적어도 일할 거래요. 그런데 말이에요, 제가 아직 저녁을 먹지 못했어요. 얼른 밥 먹으러 가야겠어요.

곤충 상자

안녕하세요. 이기 잠비니입니다. 여러분은 지금 곤충 팟캐스트 '이기의 세계'를 듣고 계십니다. 세 번째 팟캐스트까지는 '우주의 초대형 벌레들'의 촬영장을 방문해 보았습니다. 저의 누나 카라도 그곳에서 연기를 한답니다. 저요? 저는 그저 곤충들을 데리고 촬영장 주변을 돌아다니지요.

사실 팟캐스트를 시작하면 저도 인터넷에서 유명해질 수 있다고 기대했어요. 그런 기대를 조금은 했죠. 하지만 지금까지 이 팟캐스트의 청취자는 단 한 명뿐이에요. 그 청취자는 바로 우리 엄마예요. 게다가 첫 번째 에피소드만 들으셨죠. 휴, 어쨌든 팟캐스트를 시작한 지 하루밖에

되지 않았으니 이제부터 듣는 사람들도 많아질 거예요.

오늘은 학교에서 녹음을 하고 있어요. 언덕 위에 있는 예술 고등학교이고, 큰 극장이 하나 딸려 있어요. 우리 학교는 시각 예술, 음악, 연극과 관련된 공부를 주로 해요. 부모님이 누나를 이 학교에 보낸 이유를 알아요. 누나가 연기를 하고 싶어 하기 때문이에요. 하지만 왜 저까지 이 학교에 보냈을까요? 제가 관심이 있는 것은 곤충뿐인걸요. 학교에도 데리고 다닐 정도로요.

오늘은 타란툴라를 데리고 왔어요. 발끝이 분홍색이고, 나무를 탈 수 있는 거미예요. '분홍발거미'라고도 불리는데, 그 이유는 말 안 해도 아시겠죠? 엄마가 생일 선물로 사 준 곤충 상자에 분홍발거미를 넣어 가지고 왔어요. 물론 엄밀히 말하면 거미는 곤충이 아니지만요.

제가 왜 학교에 곤충을 가지고 올까요? 대화를 시작할 수 있기 때문이에요. 그러니까 여자 친구들이랑요. 이렇게 얘기하는 거예요. '저기, 너 말이야. 내 개미 상자 볼래?' 하지만 지금까지는 잘 먹히지 않았어요. 처음에는 흥미를 보이지만, 금세 얼굴을 찡그리고 말아요. 그러고 나서 소리를 지르며 도망가 버리죠. 이건 제가 기대한 반응이 아니에요.

여러분이 무슨 생각을 할지 알아요. '정말 제정신이 아니군. 누가 살아 있는 곤충을 하루 종일 데리고 다녀?' 그러시겠죠? 그래요, 저는 어깨에 앵무새를 얹고 슈퍼마켓에 가는 부류의 사람이에요. 혹은 털이 없는 고양이에게 목줄을 매어 공원을 산책하는 부류의 사람이기도 하죠.

어쩌겠어요. 4학년 때 부모님이 빅토리아곤충동물원에 저를 데려간걸요. 그곳에서 '트리랍스터'라는 이름의 거대한 대벌레를 만지게 됐고, 그 이후부터 곤충에 푹 빠져 버렸지요.

"야, 꿈틀이 이기! 누구랑 얘기하는 거야?"

윽, 로치예요. 저는 되도록 저 아이를 피하고 있어요. 하지만 수업을 두 개나 함께 들어요. 어떤 면에서 저만큼 예술 고등학교에 어울리지 않는 인물이에요. 럭비 경기장에서는 자기 집처럼 편안할 텐데 말이에요.

"꿈틀이, 누구랑 이야기하냐고 묻잖아. 누가 전화를 한 거야? 상상의 친구?"

"내 핸드폰 돌려줘! 로치, 돌려 달라고 했다."

"좋아, 냄새 나는 핸드폰 여기 있어."

로치('바퀴벌레'라는 뜻도 있다. - 옮긴이)라는 이름이 잘 어울리지 않나요? 저 아이는 이 사회에서 없어져야 할 해충 같은 존재예요.

"야, 다 들었어."

바퀴벌레는 머리가 없어도 며칠 동안 생존할 수 있다는 사실을 아세요? 살아가는 데 두뇌가 필요하지 않아요. 저 아이처럼 말이에요.

"꿈틀이, 지금 나한테 싸움 걸고 있는 거냐? 내가 너보다 20킬로그램이나 더 나간다는 사실을 알고는 있지? 그리고 말인데, 내가 여기에 없는 것처럼 나에 대해서 이야기하는 이유가 뭐야? 여자 친구라도 생긴 거야? 그래서 핸드폰에 얘기하는 거야?"

휴, 여자 친구는 없어요. 저는 솔로예요.

"팟캐스트 녹음하고 있어."

"팟캐스트라고? 얘들아, 이기가 팟캐스트 시작했대. 야, 꿈틀이. 뭐에 대한 건데? 벌레? 하, 당연히 그렇겠지. 넌 늘 벌레에 대해서 떠들어 대니까."

"꼭 알고 싶다면, 그게 바로 이 팟캐스트의 주제야."

"웃기지도 않군. 그래서 지금 내가 네 팟캐스트에 나오는 거야?"

"안타깝지만, 맞아. 이 앱으로 편집은 못 하거든. 이번 에피소드에 네가 끼어든 거야."

"대박. 나 이제 유명해지는 거냐?"

"이 팟캐스트를 듣는 청취자들 사이에서는 그렇지. 너 유명해."

엄마가 이 방송을 듣고 있을지 잘 모르겠어요.

"멋진데!"

로치는 대놓고 단순한 문제가 아니면 빨리 따라잡지 못해요.

"그건 또 무슨 소리야? 내가 빠르지 않다니?"

"이해가 조금 느리다는 뜻이지."

"내가 이해가 느리다고 생각해? 웃기네. 아무도 벌레에 대한 팟캐스트를 듣고 싶어 하지 않을걸."

"그런 얘기 많이 들었어."

"너희 카라 누나 방송이라면 말이 다르지. 그거나 봐야 겠다. 요즘 완전 인기 많아."

"로치, 누나에 대해서 그렇게 말하지 말아 줘. 소름 돋 거든."

"꿈틀이 이기가 지금 나한테 소름 돋는다고 말한 거 야? 너야말로 소름 그 자체야. 넌 책가방에 타란툴라를 가지고 다니잖아."

"이건 곤충 상자야. 가방이 아니고."

"진지하게 충고하는데, 차라리 너희 누나를 인터뷰해라. 그러면 사람들이 누나 이야기를 듣고 싶어서 네 방송을 들을걸."

"이미 인터뷰했어. 누나가 원하지는 않았지만. 내 방송에 나오고 싶지 않은가 봐."

"머리를 써."

"무슨 뜻이야?"

"글쎄, 누나를 괴롭히는 거야."

"뭐라고?"

"내 말은 실제로 그러라는 게 아니고, 그냥 놀리기만 하라는 거야. 넌 벌레를 좋아하는데 카라 누나는 아니지? 누나 지갑에 애벌레를 넣어. 그리고 누나가 지갑을 열었을 때 놀라 자빠지는 걸 녹음하는 거야. 인터넷에서는 그런 게 먹혀."

"내 팟캐스트는 곤충에 대한 거야. 로치, 애벌레는 곤충이 아니야."

"그럼 딱정벌레를 넣어. 그 타란툴라에 독이 없다면 그걸 집어넣든지."

"왕궁둥이에게 그런 짓은 절대 하지 않을 거야."

"뭐? 지금 누나를 '왕궁둥이'라고 부른 거야? 하! 애들아, 꿈틀이가 카라 누나한테 왕궁둥이라고 했어. 그런데 어울리는 별명이긴 하다."

"아니, 내 타란툴라를 왕궁둥이라고 부른 거야."

이유를 따로 설명할 필요는 없겠지요? 볼록한 엉덩이 때문에 '왕궁둥이'라는 별명을 붙였거든요.

"로치, 타란툴라는 연약해. 떨어트리면 부서지고 말 거야."

"넌 누나보다 거미가 다칠까 봐 더 걱정하는구나. 멍청이."

"멍청하다는 말 하지 마."

저에게 그런 말을 할 수 있는 사람은 누나뿐이에요.

"어쨌든 내 타란툴라가 누나를 문다 해도 누나는 죽지 않아."

"이기, 청취자를 늘리고 싶다면 팟캐스트를 재미있게 해야 해. 누나의 간을 떨어지게 하는 거야. 유튜브나 너희 아빠의 웹 드라마를 통해 카라 누나를 아는 사람들이 몰려들걸. 일단 청취자가 늘면 네 이상한 벌레 얘기를 하든지 해."

흠, 로치는 전혀 멍청하지 않은 것 같아요.

"누가 나보고 멍청하대?"

"청취자들에게 네가 대단한 성과를 낼 것 같다고 이야기했어."

"그러든지. 나 간다."

로치 말이 맞아요. 아무도 제 방송을 듣지 않아요. 하지만 제가 누나 지갑에 곤충을 넣는다면 사람들은 그걸 들으러 올 거예요.

다만 저의 유일한 청취자인 엄마가 이 에피소드를 듣지 않길 바랍니다. 그렇지 않으면 아예 시작조차 할 수 없어요. 엄마는 제가 누나를 괴롭히게 내버려 두지 않을 거예요. 우리 엄마는 싹을 잘라 버리는 데 일가견이 있거든요.

하지만 문제가 될 것 같지는 않네요. 엄마는 아빠보다도 제 팟캐스트를 들을 시간이 없을 테니까요. 애청자가 되겠다고 약속했지만 말이에요.

그냥 누군가 저와 흥밋거리가 같은 사람이 있으면 좋겠어요. 저의 이야기에 관심이 있을 만한 사람을 아시나요? 우주에는 있을까요? 그럴지도 모르죠.

어딘가에 누구 없나요?

나의 곤충들

'이기의 세계'에 오신 것을 환영합니다. 저는 이기 잠비니입니다. 오늘은 제 방에서 녹음을 하고 있어요. 일요일 이른 아침입니다. 아직 새벽인데도 제 방은 더워요. 타란툴라와 전갈은 더운 지역에서 왔거든요. 얘네들을 위해서 전기 히터를 계속 틀어 놓아야 해요. 하지만 상관없어요. 저는 말라서 추위를 타는 편이니까요.

제 방을 둘러볼게요. 여기에 개미굴이 있어요. 예전에 동물용품점에서 산 키트인데, 관이 들어 있는 투명한 플라스틱 상자예요. 짝짓기를 위해서 날아다니는 여왕개미를 잡아 상자에 넣었어요. 여왕개미는 알을 낳았고, 일 년쯤 후에 다 자란 개미들이 하나의 군락을 이뤘어요. 과학 선생님에게 학교에 개미 상자를 가져가도 되냐고 물었지만 선생님은 개미들이 탈출할까 봐 걱정하더군요. 쳇.

애네는 황제전갈이에요. 세 마리가 각자의 방에 있는데 크기가 꽤 커요. 약 18센티미터나 된답니다. 발톱이 두툼하고 꼬리 끝에 긴 침이 있어서 무섭게 생겼어요. 이 침에 찔리면 마치 벌에 쏘인 듯이 아파요. 하지만 사실 전갈들은 상당히 얌전해요. 어두운 곳이나 땅속, 바위 밑, 낙엽 속에 숨어 있지요.

자, 전갈의 가장 멋진 점을 소개해 드릴게요. 보라색 불을 켜겠습니다. 여러분이 이 모습을 볼 수 있으면 참 좋을 텐데 말이에요. 자외선, 혹은 달빛이나 블랙 라이트를 쬐어 주면 전갈은 빛을 내요. 독이 많을수록 더 밝게 빛나죠. 아무도 그 이유를 정확하게 알지는 못해요. 전갈들은 주로 밤에 활동하니까 다른 생명체를 위협하는 방법일지도 몰라요. 불빛으로 이렇게 말하는 거예요. '저리 가. 그렇지 않으면 독침으로 찔러 버릴 거야.' 어떤 사람들은 전갈이 이 빛으로 주변을 감지한다고 말해요. 몸에서 나오는 희미한 빛을 통해 재빨리 도망가서 어둠 속에 숨는다고요.

타란툴라와 전갈 같은 절지동물 외에도 이쪽에 귀뚜라

미 집이 있어요. 플라스틱 상자 안에 귀뚜라미들이 살고 있죠. 타란툴라와 전갈의 먹이로 사용하기 위해 동물용품점에서 구입했어요. 맞아요. 살아 있는 귀뚜라미를 먹이로 주는 거죠. 그래서 귀뚜라미들에게 너무 애착을 갖지 않으려고 노력해요. 늘 기분 좋은 소리를 내는 귀뚜라미들이 제 방에 있어서 즐거워요. 아마도 방송에 귀뚜라미 우는 소리가 조금 들릴지 모르겠어요.

지난 팟캐스트에서 제 타란툴라 왕궁둥이를 만난 적 있으시죠? 타란툴라는 자연에서 나무를 타는 습성이 있기 때문에 거미 집 안에 꽃나무와 나무껍질을 넣었어요. 누나가 예전에 가지고 놀던 나무 인형 집도 하나 넣어 주었어요. 타란툴라가 인형 집의 가구 위에 올라가는 모습은 정말 귀여워요. 저는 왕궁둥이가 엄마와 아빠의 웹 드라마에 나오는 등장인물이라고 상상해요. 실제로 엄마는 왕궁둥이가 인형 집 안을 기어 다니는 것을 보고 드라마의 아이디어를 생각해 냈거든요.

네, 제 방 안에 인형의 집이 있어요. 하지만 제가 인형을 가지고 놀지는 않는다는 점을 참고로 알려 드립니다. 인형을 가지고 논다고 해도 뭐 어때요? 어쨌든 거미랑 소꿉놀이하는 건 아니니까요.

다른 타란툴라도 두 마리 더 있어요. 하지만 왕궁둥이 는 특별해요. 제가 열 살 때부터 키웠거든요. 방 안의 친 구들에게 순위를 매기는 것은 아니지만 왕궁둥이는 제 첫 친구예요. 그때는 다 큰 타란툴라를 사기에 돈이 부족 해서 새끼를 샀어요.

오늘 아침에 일어났더니 왕궁둥이가 제 손바닥 위에 앉아 있지 뭐예요. 그래서 이번 팟캐스트 녹음을 이렇게 이른 시간에 하게 되었답니다. 처음에는 손에 무엇이 있 는지 잘 몰랐어요. 단지 묵직한 느낌만 들었죠.

고개를 돌려 봤더니 타란툴라가 손바닥 위에 웅크리고 있는 거예요. 지난밤에 거미 집 뚜껑이 조금 열렸나 봐요. 왕궁둥이가 침대로 기어 와서 제 손바닥 위에서 잠이 든 것 같아요. 저를 알아보고 제 손바닥 안이 안전하다고 느 껴서겠죠. 이런 때에는 사람들이 저를 이해하지 못해도 괜찮아요. 저에겐 타란툴라와 다른 곤충들만 있으면 충 분하니까요.

제 손바닥 안으로 왕궁둥이가 들어온 것을 알았을 때, 이 얘기를 팟캐스트에서 해야겠다고 생각했어요. 로치는 저에게 괜찮은 아이디어를 줬어요. 유명한 사람이 등장 하면 청취자가 늘어날 거라고요. 하지만 로치가 알려 준

대로 누나를 겁주고 싶지 않아요. 저는 누나가 저의 친구들이 얼마나 멋진지 깨닫고 두려움을 극복할 수 있도록 돕고 싶어요. 어쩌면 거미와 전갈과 다른 곤충들을 좋아하게 될지도 모르잖아요. 가능할까요? 한번 지켜보세요. 아니, 제 말은 방송을 계속 들어 보시라는 뜻이에요.

핸드폰을 주머니에 넣고 타란튤라를 꺼내 보겠습니다. 겁먹지 마세요. 조심하면 왕궁둥이는 상대방을 해치지 않아요. 그냥 큰 거미일 뿐인데 사람들이 왜 타란튤라를 두려워하는지 모르겠어요. 왕궁둥이는 제 손바닥 위에 올려놓으면 움직이지 않고 가만히 있어요. 사람들은 타란튤라의 몸통이 꺼끌꺼끌하거나 털이 나 있다고 생각하는데요, 사실은 부드러워요. 갓 태어난 아기 고양이를 만지는 것처럼 진짜 부드러워요.

그래서 저는 누나가 거미를 두려워하지 않게 될 거라고 확신해요. 타란튤라 말고 다른 거미들도요. 대부분의 거미들은 사람을 해치지 않아요. 거미들도 우리 자연의 일부잖아요. 사람들은 검은과부거미에게 사람을 죽일 만큼 강한 맹독이 있다고 생각해요. 하지만 검은과부거미한테 물려서 사람이 죽은 사례는 그리 많지 않아요. 가만히 두면 해치지 않는다고요.

왕궁둥이를 누나 방에 가지고 가 볼게요. 누나가 아직 자고 있어서 작게 말해야 해요. 여기 침대에 누나가 세상 모르고 잠들어 있어요. 며칠 동안 밤늦게까지 촬영을 해서 곯아떨어진 거예요. 하, 머리가 새 둥지 같아요. 제 머리만큼 헝클어져 있네요. 누나가 매트리스 위에 손바닥을 펴고 있어요. 잘됐어요. 일이 쉬워졌어요. 푹신한 침대 위니까 타란툴라도 안전할 거예요. 왕궁둥이가 누나 손바닥 위로 기어가게 해 볼게요. 앗, 잠깐만요!

누나가 손가락을 움직였어요. 손에 무언가 닿아서 그런가 봐요. 손을 꿈틀거리다 눈을 떴어요. 아직 잠이 덜 깼나 봐요.

"누나, 이것 봐. 지금 누나 손 위에 타란툴라가 있어. 멋지지 않아?"

"뭐라고? 이기, 이거 내 손에서 치워!"

"안 돼, 안 돼, 안 돼. 누나, 그냥 그대로 있어. 누나를 해치지 않을 거야. 타란툴라가 얼마나 부드러운지 만져 봐. 전혀 무섭지 않아."

"이거 내 손에서 치우라고 말했다!"

"손 그만 떨어. 내가……."

툭.

세상에, 이 끔찍한 소리 들으셨어요? 누나가 제 타란툴라를 바닥에 떨어트렸어요! 물론 침대가 그리 높지는 않고 바닥에 카펫이 깔려 있긴 하지만, 그래도 타란툴라가 죽을 수도 있었다고요. 불쌍한 우리 아가! 오늘 팟캐스트는 여기까지 하고 왕궁둥이가 다쳤는지 살펴봐야겠어요. 왕궁둥이가 죽느냐 사느냐 그것이 문제예요. 어떻게 될지 다음 에피소드를 기다려 주세요.

"이 멍청아, 왜 그렇게 말해? 그 이상한 팟캐스트 녹음하는 거야? 그래서 내 손에 거미를 올려놓은 거야?"

"아마도."

"이기, 너 그거 업로드하지 않을 거지."

"내가 녹음하고 업로드 안 한 적이 있나? 이건 긴박한 상황이야. 타란툴라의 목숨을 건 방송이라고."

"그거 올리면 넌 죽는 거야."

"지금까지의 에피소드 중 제일 흥미진진한데? 절대 삭제하지 않을 거야."

"그러면 내가 삭제할게. 핸드폰 내놔."

"절대로 안 돼. 그만둬."

누나에게서 벗어나서 '전송' 버튼을 눌러야 해요.

"이기!"

지금까지 '이기의 세계'였습니다. 다음 에피소드에서 만나요. 누나가 저를 죽이지 않는다면요.

에피소드 6
선전 포고

안녕하세요. 이기 잠비니입니다. '이기의 세계'에 오신 것을 환영합니다. 다시 누나 방에서 녹음을 하고 있어요.

"이기, 내 방에서 녹음하지 마. 여기에서 나가! 그리고 타란툴라 치워."

"누나, 진심이야? 내가 제일 아끼는 왕궁둥이에게 치명적인 상처를 입혀 놓고 그렇게 말할 수 있어?"

"거미가 내 침대 밑으로 들어가면 어떻게 해?"

"왕궁둥이는 다친 아이야. 아무 데도 안 가."

청취자 여러분, 왕궁둥이 외피에 작은 금이 갔다는 안타까운 소식을 전해 드립니다. 상처는 여기 등 부분에 있어요. 이 말은 왕궁둥이가 배 속에 손상을 입었을 수도 있다는 뜻이죠. 만일 그렇다면 왕궁둥이는 죽을지도 몰라요.

"내 탓 하지 마, 이기."

"누나, 아무리 낮은 높이에서라도 타란툴라를 떨어트리면 위험하다는 것쯤은 알잖아. 달걀처럼 연약하다고."

"내 손바닥 위에 끔찍한 거미를 올려놓은 건 너야."

"그리고 그 거미를 바닥에 내동댕이친 사람은 바로 누나지."

"대체 왜 내 손에 거미를 놓은 거야? 무슨 생각이야?"

"내 생각에, 그러니까 로치 생각에, 누나가 내 팟캐스트에 등장하면 사람들이 관심을 가질 줄 알았어. 그리고 만일 누나가 왕궁둥이에게 관심을 갖게 되면 다른 사람들도 그럴 거라고 생각했고."

"너 바보니?"

"우선 타란툴라 치료부터 해야겠어. 왕궁둥이 만지지 마! 그냥 바닥에 놔둬. 지금 옮기면 죽을지도 몰라."

"난 저것 근처에도 가지 않았어."

방에 가서 구급상자를 가져올게요. 거미를 위한 구급상자예요. 어제 왕궁둥이를 학교에 데려갈 때 가방에 넣어 놨어요. 어디든 왕궁둥이를 데려갈 때에는 구급상자를 반드시 챙기지요.

여기 있다. 누나 방으로 돌아왔어요. 왕궁둥이 옆에 무릎을 꿇고 앉아서 구급상자를 열어요. 자, 작은 플라스틱 상자에 왕궁둥이를 넣었어요. 네일 폴리시, 강력 접착테이프, 종이 타월, 순간접착제……. 이거예요. 콘스타치(옥수수로 만든 녹말가루 – 옮긴이)!

"콘스타치로 뭐 하려는 거야? 내 방에 흘리지 말아 줄래."

"지혈하는 데 사용할 거야."

왕궁둥이 몸에서 나오는 액체가 피는 아니에요. 일단 붉은색이 아니고 옅은 푸른색이죠. 하지만 역할은 거의 비슷해요. 먼저 금이 간 곳에 콘스타치 가루를 바를게요. 흠, 아직도 체액이 나오네요. 좋아요, 다음 단계는 네일 폴리시.

"손톱 칠하려는 거야, 지금?"

"아니, 네일 폴리시를 거미 몸통에 생긴 금에 바를 거야. 더 벌어지지 않도록. 이것 봐. 된 것 같아."

"그렇게 하면 상처가 아물까?"

"지혈이 되는 거야. 화장실에 가서 종이 타월에 물을 묻혀 줘."

"왜?"

"그냥 해. 내 거미의 생명이 위태롭다고."

"알았어, 알았어."

진짜로 그런 일이 일어난다고는 생각할 수 없어요. 왕궁둥이를 죽게 내버려 둘 수 없어요. 왕궁둥이는 제 가장 친한 친구거든요. 가끔은 유일한 친구라고 생각되기도 해요.

"여기 종이 타월 적셔 왔어."

"고마워."

전 지금 상자 안에 작은 둥지를 만들고 있어요. 젖은 종이 타월을 깔고 그 위에 마른 종이 타월을 펼쳐 놨어요. 이제 왕궁둥이를 아주 조심스럽게 올려 둘 거예요. 젖은 타월이 수분을 공급해 줘서 빨리 낫게 해 주거든요. 일종의 거미 중환자실 같은 곳이죠. 상자를 따뜻하고 어둡게 해서 왕궁둥이를 하루 이틀 정도 쉬게 해 줄 거예요.

"딱 네 방 같다, 멍청아. 덥고 어두운 방에서 어떻게 사는지 모르겠어. 냄새도 이상하고 귀뚜라미도 쉬지 않고 울잖아. 나는 귀뚜라미가 싫어. 작고 징그러운 그렘린(영화 '그렘린'에 나오는 심술궂은 괴물 - 옮긴이)이 곳곳에 숨어서 튀어 오르려고 준비하는 것 같아."

어떻게 귀뚜라미를 싫어할 수가 있죠? 귀뚜라미는 귀가 무릎 근처에 있다는 사실 아세요? 날이 더우면 우는 템포가 더 빨라진다는 사실은요? 그래서 제 방에서 귀뚜라미들이 쉬지 않고 울어 대나 봐요. 재미있는 사실 하나 더. 지구의 어떤 지역에서는 귀뚜라미를 음식으로 먹는답니다. 단백질이 풍부하고, 소를 키우는 것보다 더 친환경적이거든요. 만일 우리 북아메리카 사람들이 귀뚜라미를 먹는다면 지구의 환경을 지키는 데 훨씬 도움이 될 거예요.

"우엑, 이기. 전혀 재미있는 사실이 아니잖아. 내가 귀뚜라미를 먹는 일은 절대로 없을 거야."

"누나 손해야."

"그런데 구급상자에 들어 있는 물건들은 다 뭐야? 강력 접착테이프랑 순간접착제는 어디에 쓰는 건데?"

"타란툴라의 주인은 치료하기 위해서라면 모든 종류의 물건을 다 사용해. 네일 폴리시를 발랐는데 효과가 없으면 상처를 붙이기 위해서 접착제를 사용하지. 거미가 탈피하기 전까지 상처를 지탱해 주는데, 지금은 네일 폴리시로 충분했으면 하는 바람이야."

다 자란 타란툴라 암컷은 일 년에 한 번 탈피를 해요.

외피를 만들어 오래된 껍데기를 벗는 거예요. 상처를 입으면 다리를 새로 만들어 내기도 하고요. 가끔은 저도 그런 일을 할 수 있으면 좋겠어요. 껍데기를 벗고 새로 시작하는 거예요. 저도 알아요. 이건 우스운 생각이라는 걸요.

앗, 아빠의 발걸음 소리가 들려요. 마치 화가 난 것처럼 쿵쾅거리네요.

"여기서 무슨 일을 하는 거냐!"

맞아요. 아빠는 화가 났어요.

"아까는 카라가 소리를 지르더니 그 후에는 이기 네가 쿵쾅거리더구나. 일요일 아침에 잠을 좀 자려는 게 무리한 바람이냐?"

"누나가 왕궁둥이를 바닥에 던졌어요. 이제 왕궁둥이가 죽을지 살지 모른다고요."

"뭐를 했다고?"

"일부러 그런 건 아니에요. 제가 자고 있는데 이기가 제 손에 저걸 놓아두었어요. 거미가 저를 물 수도 있잖아요. 오히려 제가 죽을 뻔했다고요!"

"누나, 타란툴라가 문다고 죽지 않아. 게다가 거미는 어쩔 수 없을 때 빼고는 절대 물지 않아. 대신 그냥 도망가 버리지. 도망갈 수 없을 때 몸을 세워서 송곳니를 보여 줄 뿐이야. 애를 쿡 찌른다면 털을 곤두세울 거야. 털이 살에 박힐 수도 있지. 그러면 발진이 일어나긴 하지만 금세 가라앉아. 털이 눈에 들어간다면 상황이 안 좋아지지만 말이야. 만일 타란툴라가 누나를 문다고 해도 벌에 쏘이는 정도일 뿐이야. 벌에 비해 알레르기 반응도 거의 없고. 오히려 벌에 쏘이는 게 훨씬 지독해. 그리고……."

"세상에! 이기, 이제 그만해. 이른 아침부터 강의 듣고 싶지 않아. 아빠, 제가 얼마나 짜증 나는지 알겠죠? 게다가 이기는 바보 같은 팟캐스트 때문에 이 모든 것을 녹음하고 있어요. 지금도 녹음 중이에요."

"이기, 카라가 팟캐스트에 나오기를 원치 않으면 그 뜻을 존중해야 해. 다른 에피소드도 내리고 지금 녹음한 것도 지워라. 알겠니?"

"하지만, 아빠!"

"그리고 너희 둘 다 이제는 문제를 스스로 해결할 만큼 컸잖니. 엄마와 아빠는 잠을 좀 자야 한단다."

"하지만 누나가 제 거미를 살해했어요!"

"이기, 거미 아직 살아 있어. 팟캐스트 때문에 나를 괴

롭힌 건 바로 너야.”

아빠가 두 손을 들었어요.

“나는 방으로 간다.”

헐렁한 체크무늬 파자마를 입은 아빠는 슬리퍼를 끌고 방으로 돌아갔어요. 저는 아빠의 얼굴보다는 뒤통수를 더 많이 보는 것 같아요.

“들었지? 아빠가 지난번 팟캐스트 지우라고 했어. 그리고 이것도 올리지 않는 거다! 진짜 굴욕적이야. 모두가 나를 보고 비웃을 거야.”

“아니. 이 팟캐스트 반드시 올릴 거야. 그리고 전교생이 두 에피소드를 듣고 누나가 왕궁둥이를 어떻게 다치게 했는지 꼭 알게 할 거야.”

“못 그럴 거야.”

“그럴 거야.”

누나는 제가 올릴 거라는 걸 알아요.

“이기, 제발!”

참 나, 처음이에요. 살면서 누나가 저에게 애원하는 걸 들어 본 적이 없어요. 누군가 변화하는 건 좋은 일이에요.

“이기, 핸드폰 내놔.”

“싫어. 이 에피소드 올릴 거야. 자, 여기 버튼이 있어.

이걸 누르고……."

"이기, 지금 선전 포고 한 거다!"

누나의 브이로그

왕궁둥이는 아직 중환자실에 있어요. 상태가 좋지 않아서 금세 회복할지 어떨지 모르겠어요. 오늘은 타란툴라를 보살피며 집에 있고 싶었지만 엄마가 학교에 보냈어요. 제가 할 수 있는 일은 아무것도 없다고요. 엄마 말이 맞아요. 왕궁둥이는 안정을 취해야 해요. 그래서 이번 '이기의 세계' 팟캐스트는 학교에서 녹음하겠습니다. 1교시 시작종이 치기 전 사물함으로 가고 있어요.

슬픈 날이지만 한편으로는 좋은 날이기도 해요. 왜 그런지 아세요? 아침에 학교에 왔더니 많은 아이들이 제 팟캐스트를 듣고 있었어요. 정말 많은 아이들이요. 믿어지세요? 드디어 청취자가 생겼어요! 게다가 학교에서 지난

번 에피소드에 대해서 이야기한 적도 없는데 말이에요.

문제는 부모님이 청취자가 아니라는 점이에요. 두 분모두 방송을 듣지 않았죠. 만일 들었다면 방송을 올린 걸로 엄청 혼이 났을 거예요. 내 팟캐스트를 듣지도 않다니! 하지만 누나 유튜브에 구독자 수가 많은 것처럼 저도 청취자를 늘린다면 관심을 보여 줄지도 몰라요.

누나가 부모님께 제가 팟캐스트에 에피소드를 계속 올리고 있다는 사실을 이르지 않아서 좀 놀랐어요. 누나는 툭하면 울면서 달려가 부모님께 이르거든요. '이기가 제 폰을 가져갔어요!' '이기가 화장실에 속옷을 벗어 놓았어요!' 마치 자신은 단 한 번도 세면대에 화장품을 잔뜩 흘려 놓거나, 혹은 보란 듯이 샤워 커튼 봉에 브라를 걸어 놓은 적이 없는 듯 말이에요.

어쩌면 누나는 왕궁둥이가 다쳐서 마음이 안 좋을지도 몰라요. 누나도 인간이니까요. 뭐, 아닐지도 모르죠.

비인간적인 측면에서는 로치에 대해서 이야기할 수 있어요. 로치는 어딜 가나 패거리들과 함께 몰려다녀요. 헉, 로치와 패거리들이 저에게 다가오고 있어요.

"꿈틀이! 잘 있었냐?"

"응. 그런데 내 머리는 좀 그냥 놔둬. 왜 갑자기 나에게 친절하게 구는 거지? 사람 불안하게."

"이제 네가 유명해졌다고 들었어. 모든 애들이 너의 팟캐스트에 대해서 이야기하거든. 안 그러냐, 얘들아?"

패거리들이 모두 고개를 끄덕이고 있어요. 보블헤드 인형(큰 머리를 자동으로 까딱이는 인형 – 옮긴이)처럼요. 제 팟캐스트에 청취자가 많아져서 로치가 친절하게 구는 거군요. 방송에 출연하고 싶은 거예요.

"꿈틀아, 누구랑 통화하고 있는 거야? 또 팟캐스트 녹음해?"

"네가 말한 것처럼 이제 청취자가 생겼어. 청취자를 유지하려면 정기적으로 방송을 올려야 해."

"하, 잘됐군. 카라 누나가 너에 대한 브이로그를 올려서 팟캐스트 포기한 줄 알았지."

"누나가 뭘 했다고?"

"너의 벌레 키우는 취미에 대해서 한 회 전체에 걸쳐서 방송을 했어."

누나는 메이크업, 헤어, 패션에 대해서 방송을 하기 때문에 그럴 리가 없을 텐데요. 어쨌든 받아들이겠어요. 제 팟캐스트에 대해서 말해 주면 홍보가 되니까요. 새로 유튜브 녹화를 했다는 이야기를 들으니 화가 좀 풀린 것 같네요.

"누나가 나에 대해서 뭐라고 말했어?"

"그 브이로그 아직 안 본 거야?"

"응. 너한테 처음 들었는데."

"자, 네가 직접 봐."

로치의 핸드폰을 받았어요. 어, 이런 젠…….

"꿈틀아, 왜 아무 말도 안 해? 너를 따르는 청취자들에게 브이로그에 대해서 아무 말도 하지 않을 거야?"

"절대로."

"그러면 내가 대신 할게."

"야, 로치. 내 핸드폰 내놔."

"아직 녹음되고 있지? 그래, 녹음되고 있네. 원숭이라도 조작할 수 있겠군. 여기 녹음 버튼, 전송 버튼, 그러면 끝. 사람들이 듣게 되는 거야. 나도 이 앱을 다운받아야겠어. 팟캐스트 시작하게."

"로치, 제발 핸드폰 돌려줘."

"이 팟캐스트 이름이 뭐였지? 이기의 세계? 청취자 여러분, 초대 손님 로치입니다. 오늘 이기가 갑자기 꿀 먹은 벙어리가 된 이유는 바로 이거예요. 카라 누나의 브이로그를 처음부터 들려드릴게요. 자, 인트로 음악을 들어 보세요.”

“제가 속삭이는 이유는 동생 방문 앞에 있기 때문이에
요. 제 동생 이기 잠비니는 '이기의 세계'라는 이상한 팟
캐스트를 시작했어요. 이기가 매일 밤 자신의 타란툴라
와 무엇을 하는지 들어 보세요.”

세상에, 이럴 수는 없어요.

“핸드폰 내놔, 로치!”

“저런, 이기가 곧 울 것 같아요. 왜 날 벌레 보듯 하는
거야? 하, 여러분, 제 말 들으셨죠? 이기가 저를 벌레 보
듯 하는데, 사실 이기는 벌레를 좋아하잖아요!”

패거리들은 로치가 무슨 말을 해도 웃어 대죠.

“로치, 내 핸드폰 달라고 말했다.”

“절대 안 돼. 벌레를 좋아하는 너의 청취자들이 분명히
이걸 좋아할 거야. 여러분, 브이로그를 팟캐스트용으로
풀어서 설명해 드릴게요. 카라 누나가 핸드폰을 들고 이
기의 방에 몰래 들어가고 있어요. 이기는 누나를 못 봤어
요. 아마도 귀뚜라미 소리 때문인 것 같아요. 방에는 벌레
가 가득한 플라스틱 상자와 유리 탱크들이 가득해요. 이
제 카라 누나가 클로즈업을 했어요. 이기 옆에 놓인 커다
란 유리 탱크 안에는 인형의 집이 있어요. 하! 믿어지세

요? 인형의 집이에요. 이기, 너 뭐야? 일곱 살 여자애? 인형의 집 안에는 뭐가 있을까요? 타란툴라예요. 털이 숭숭 나고 징그러운 거대한 거미."

'로치'라는 이름을 가진 아이가 그런 말을 하다니 재미있네요.

"로치, 제발 부탁인데 그만해. 내 핸드폰 돌려줘."

"장난해? 이제 막 재미있는 부분이 시작되고 있는데. 자, 이기가 거미에게 저녁 식사를 줍니다. 거미를 쿡 찔러서 인형의 집에 놓인 작은 식탁으로 데려가네요. 식탁에는 식기가 제대로 차려져 있어요. 거대한 털북숭이 앞에 작은 인형 컵과 접시가 놓여 있어요. 이제 이기는 귀뚜라미를 가지러 귀뚜라미 집으로 갑니다. 거미 탱크 옆쪽에 있는 구멍으로 손을 쑥 집어넣어서 살아 있는 귀뚜라미를 꺼내 작은 접시 위에 올려놓아요. 아, 정말 이 장면은 보고 싶지 않으실 거예요. 하지만 여러분을 위해서 설명해 드리겠습니다. 타란툴라가 귀뚜라미를 잡아서 입안으로 욱여넣자 귀뚜라미는 계속해서 다리를 팔딱거려요. 정말 징그러워요."

"내 핸드폰 내놔!"

"진정해, 꿈틀아. 아직 끝난 게 아니야. 이제 이기가 거미의 식탁을 치웁니다. 들어 보세요. 거미를 다시 쿡 찔러서 인형 소파 위에 앉힙니다. 그리고 마치 자기 핸드폰이 작은 티브이인 듯 거미 앞에 보여 주네요. 거미와 이기가 '우주의 초대형 벌레들'의 첫 회를 함께 시청합니다. 드라마에서 거대한 곤충들이 인간을 추격하고, 카라 누나는 우주복을 입고 쫓기는 연기를 하고 있어요. 이기의 거미는 좀 어리둥절해 보이지만 작은 소파에 앉아서 여덟 개의 작은 눈으로 드라마를 봅니다. 정말 대단하지 않나요? 이기가 거미와 소꿉놀이를 하고 있어요."

믿을 수 없어요. 왜 누나가 저에게 이런 짓을 했을까요.

"내 생각에는 카라 누나가 은혜를 베푼 것 같은데? 닌 팟캐스트 청취자를 원했잖아. 그리고 이제 많이 생겼고."

"물론 팟캐스트를 들어 줄 사람들을 원했지만 이런 방식은 아니었어. 나와 거미, 전갈, 곤충에 대해 이야기를 나눌 사람을 찾고 싶었을 뿐이야. 나를 비웃으려고 팟캐스트를 듣는 사람을 원한 게 아니라고."

"뭐가 다른데? 이제 청취자가 생겼어. 나도 네 팟캐스트 들을 거야. 내가 아는 사람들은 다 그럴걸. 왜냐하면 내가 나오고 있잖아. 안 그러냐, 애들아?"

패거리들이 또다시 고개를 끄덕여요.

"난 이 에피소드 올리지 않을 거야, 로치."

"당연히 올려야지."

"다른 에피소드를 녹음하지도 않을 거야."

"네 핸드폰이 내 손에 있고, 나는 반드시 이 파일을 업로드할 거야. 네 청취자들이 좋아할걸."

"안 돼, 로치. 제발 그러지 마."

"짜잔! 한발 늦었어."

에피소드 8
귀뚜라미 소동

저는 다시 '이기의 세계'를 녹음하고 있어요. 로치가 오늘 아침에 지난 에피소드를 올려 버려서 제 팟캐스트가 순식간에 퍼졌기 때문이에요. 지금은 모두가 제 팟캐스트를 들죠. 엄마와 아빠를 제외한 모든 사람이요. 사실 부모님은 제 팟캐스트를 구독할 만큼 저에게 관심이 없어요. 잠깐 들어 보지도 않았을 거예요. 아빠는 심지어 제가 누나와 관련된 에피소드를 내렸다고 해도 알지 못할걸요.

어쨌든 청취자가 엄청 많이 생겼어요. 이걸 이용해서 누나에게 복수할 거예요. 누나가 전쟁을 원한다면 받아들이죠. 이제 전쟁이에요.

제 계획을 말씀드릴게요. 제가 누나에 대해 알고 있는

두 가지 사실이 있어요. 학교 시간표와 사물함 비밀번호예요. 누나는 이 사실을 몰라요. 얼마 전 누나가 귀뚜라미를 싫어한다는 세 번째 사실도 알아냈어요. 그래서 점심시간에 집에 가서 귀뚜라미 상자를 가져왔답니다. 지금은 쉬는 시간이고 저는 복도에 있어요. 누나의 다음 수업은 악기 연주 시간이에요. 늘 그렇듯이 플루트를 가지러 사물함으로 올 거예요. 물론 오늘은 평소와 다른 작은 이벤트가 있겠지만요.

빨리 움직여야 해요. 누나 사물함을 열기 위해 핸드폰을 잠깐 셔츠 앞주머니에 넣겠습니다. 웩, 토할 것 같아요. 향수 냄새가 정말 지독해요. 세상에, 누나는 사물함에도 거울과 메이크업 상자를 넣어 두었네요. 쉬는 시간마다 화장을 새로 하기라도 하는 건가요? 그럴지도 모르죠. 예쁜 모습을 늘 유지하려면 손이 많이 갈 거예요.

자, 귀뚜라미들아! 상자에서 나와서 카라 누나의 사물함 안으로 들어가는 거다. 귀여운 귀뚜라미들이 숨을 곳을 찾아 황급히 도망가네요.

이제 사물함 문을 닫고 구석에 숨어서 마법이 시작되기를 기다릴 거예요. 곧 종이 울릴 시간이에요.

왜 귀뚜라미를 이용해서 이런 짓을 하는지 궁금하실

거예요. 귀뚜라미를 사물함에 집어넣고 누나를 놀라게 하는 행동 말이에요. 제가 귀뚜라미를 타란툴라와 전갈의 먹이로 쓰기 위해 키운다는 사실을 잊지 말아 주세요. 귀뚜라미는 독성도 없고, 혹시 사물함 밖으로 도망간다 해도 환경에 아무런 해가 없으니까요. 여기는 어디든 귀뚜라미가 살거든요.

앗, 종이 울리네요. 학생들이 다음 수업을 준비하기 위해 사물함으로 몰려오는 소리가 들려요. 누나는 어디에 있을까요? 아, 저쪽에 있어요. 연기를 전공하는 예비 배우들이 가득한 학교에서도 찾기 쉬워요. 누나가 뽐내며 걸으면 모두 누나가 여왕이라도 되는 듯이 져나보거든요. 우리 누나만 실제 드라마에서 배역을 맡았다는 이유 하나 때문이에요.

누나가 사물함 앞에 서서 비밀번호를 누르고 있어요. 자, 기대하세요!

"이게 뭐야! 악!"

승리의 소리입니다. 누나가 사물함을 열고 귀뚜라미들로 뒤덮인 플루트 케이스를 보고 지른 소리예요. 게다가 귀뚜라미들이 누나에게 튀어 올라 머리 위로 기어올랐어요. 귀뚜라미가 몸에 붙어 있을 때에는 좀 끈적거리고 느

껌이 이상하죠.

"이기! 너 어디 있어?"

이런, 누나가 저를 발견했나 봐요.

"이기!"

누나가 발을 굴러요.

"야, 이 멍청아!"

모두가 멈춰서 누나를 보고 있어요. 핸드폰을 꺼내서 찍으려고 하네요. 제 팟캐스트가 더 알려질 테니 좋은 현상이겠죠? 특히 누나 머리에 귀뚜라미들이 많이 붙어 있어서 화제가 될 것 같아요. 보기 좋지는 않지만요.

"내 머리에서 이거 치워!"

누나가 귀뚜라미를 죽이기 전에 잡아서 상자에 넣는 편이 좋겠어요. 잠시만요. 누나 앞머리에 붙은 귀뚜라미를 떼어 낼게요. 한 마리는 귀에 붙어 있어요. 이건 왼쪽 어깨에 있네요. 앗, 목에도 한 마리가 있어요. 이런, 누나 옷 속에 한 마리가 들어갔어요. 그건 꺼내 주지 못하겠어요. 대신 누나가 직접 하겠죠. 누나가 옷 속에 손을 집어넣었어요. 정말 끔찍하네요. 여학생들이 주위를 둘러싸고 탄식을 내뱉는 소리를 들어 본 적 있나요? 모두 핸드폰을 들고 누나가 옷 속에서, 아니 속옷 안에서 귀뚜라미를 꺼내 저에게 던지는 모습을 찍고 있어요. 이런, 귀뚜라미를 떨어트렸어요. 누가 밟기 전에 주워야겠어요.

"이기, 엄마와 아빠에게 이 일에 대해서 분명히 얘기할 거야."

"하지만 누나도 혼나게 될걸. 누나가 먼저 시작한 거야. 누나는 내가 인형 접시에다 타란툴라의 식사를 차리는 모습을 찍어서 올렸어. 오늘 내가 얼마나 놀림을 받았는지 알아? 이건 사이버 폭력이야."

"내가 시작했다니 그게 무슨 말이야? 네가 먼저 내 손에 타란툴라를 올려놓고 팟캐스트를 방송했잖아. 그거야말로 사이버 폭력이야."

"그건 그냥 장난이었지. 누나는 더 심한 짓을 했고. 나와 타란툴라의 사적인 시간을 몰래 찍어서 브이로그에 올렸어. 게다가 누나는 구독자 수도 엄청 많잖아. 누나가 브이로그에 올리기 전에 내 청취자는 엄마 한 사람뿐이었어. 아무도 듣지 않았다고."

"이제 많은 사람들이 듣고 있잖아. 그게 바로 네가 원한 거 아니야? 청취자 말이야. 이제 더 늘어날 거야. 이곳에 있는 모두가 이 끔찍한 귀뚜라미 장면을 찍어서 올렸으니까. 그런데 참 고맙다, 얘들아."

누나 말이 맞아요. 우리를 에워싸고 있던 학생들은 이제 누나가 겁에 질려 브라에서 귀뚜라미를 꺼내는 영상을 서로 보여 주고 있어요. 이렇게 퍼지는 거겠죠. 저는 이런 장면을 상상도 하고 싶지 않아요. 누나 사물함에 귀뚜라미를 넣어 둔 것은 그리 좋은 생각이 아니었던 것 같아요.

"이기, 이건 정말 쓰레기 같은 생각이었어. 아빠에게 말하면 너는 끝장이야. 진짜 끝장이야. 일 년 동안 외출 금지를 당하게 될걸. 너는 전교생 앞에서 나에게 망신을 줬어. 아니, 인터넷상에서 나에게 망신을 줬어. 그게 더 끔찍해."

"마치 누나는 나에게 망신을 주지 않은 것 같다?"

"하지만 아무도 너를 모르잖아. 나는 인기 많은 웹 드라마의 배우야. 나에게는 평판이라는 게 있고, 지켜야 할 이미지가 있어. 그런데 네가 그걸 망쳤어. 넌 나를 망친 거야. 아직 끝나지 않았어, 이기. 이제 시작이야."

누나는 가 버렸어요. 귀뚜라미가 덕지덕지 붙어 있는 머리를 뒤로 넘기며 위풍당당하게 복도를 걸어갔어요.

저는 시끄럽게 우는 귀뚜라미 상자를 들고 이곳에 혼자 서 있어요. 왜 우리 가족은 모두 나를 남겨 두고 가 버리는 거죠?

에피소드 9
곤충 대소동

어제는 끔찍한 날이었어요. 누나는 전교생 앞에서 그리고 인터넷상에서 저에게 망신을 줬어요. 게다가 집에 돌아왔더니 왕궁둥이의 상태가 더욱 심각해져 있었어요. 중환자실에 가만히 앉아서 제가 건드려도 움직이지 않는 거예요. 팟캐스트마저 그만둬야 한다고 생각하니 참담한 기분이 들었어요. 팟캐스트로 인한 모든 일들 때문에 힘들어졌지만 말이에요.

하지만 우주가 저를 조금은 불쌍하게 생각했나 봐요. 과학을 가르치는 딜워스 선생님이 학교가 끝나자마자 저에게 문자 메시지를 보냈어요. 제 팟캐스트가 얼마나 인기 있는지 들었대요. 모든 학생들이 제 팟캐스트에 대해서 이야기한대요. 그러면서 글쎄 제 곤충 컬렉션 전체를 학교에 가져와 보면 어떻겠냐고 하는 거예요. 수업 시간에 앞에 나와서 곤충에 대해서 이야기하라고요. 정말 신나요!

과학 시간이 마침 오늘 1교시여서 엄마에게 학교까지 태워다 달라고 부탁했어요. 선생님이 과학실에 도착하기 전에 힘겹게 곤충 상자들을 모두 옮겨 두고 저는 이곳 화장실로 피신했어요. 너무 긴장해서 몸이 떨려요. 그래서 긴장을 풀기 위해 팟캐스트를 녹음하고 있어요. 자주 혼자서 중얼거리는 편이지만 많은 아이들 앞에 서서 발표하는 것은 다르잖아요.

엄마에 대해 재미있는 사실을 알려 드릴게요. 어제 올린 팟캐스트에 대해서 아무 얘기도 안 했어요. 누나의 사물함에 귀뚜라미를 넣었고, 귀뚜라미들이 누나의 머리 위랑 여기저기에 올라간 그 에피소드 말이에요. 아빠도 아무 얘기 안 했어요. 그래서 저도 누나가 브이로그에 왕궁둥이의 식사 시간을 올린 사건에 대해서 입을 다물고 있어요. 왜 굳이 긁어 부스럼을 만들겠어요? 누나와는 어젯밤부터 거리를 두고 있어요. 어차피 누나는 방 밖으로 거의 나오지 않기 때문에 어려운 일은 아니에요.

종이 울렸어요. 이제 시작이에요. 교실로 돌아가야겠
어요.

"으악!"

무슨 소리죠? 여학생들이 소리를 지르고 있어요. 남학
생들도요. 이건 장난치는 소리가 아니에요. 겁에 질려 내
는 소리예요. 세상에, 누군가 학교에 침입한 걸까요? 하
지만 교내 방송도 나오지 않고, 복도로 몰려가는 학생들
도 없는데요?

과학실 주변에 아이들이 몰려 있어요. 비명 소리가 과
학실에서 나오는 것 같아요. 이런, 심장이 덜컹 내려앉는
느낌이에요. 무슨 일인지 살펴보기 위해 학생들 사이를
헤집고 들어가겠습니다.

안 돼! 내 타란툴라! 내 전갈들! 곤충들이 제가 상자들
을 올려 두었던 테이블 위를 마구 기어 다니고 허공을 날
아다녀요. 귀뚜라미, 사마귀, 무당벌레 들이 몽땅 나와 있
어요. 개미들이 집에서 나와 과학실 바닥 위를 줄지어 가
고 있어요. 누군가 곤충 상자를 열어서 밖으로 나오게 한
거예요. 대체 누가 이 상자들을 열었을까요?

"이기!"

젠장, 깜짝 놀랐어요. 순간 아빠가 소리 지른 줄 알았어

요. 아빠가 아니라 딜워스 과학 선생님이에요. 선생님을 보면 집게벌레가 생각나요. 좋은 뜻은 아니에요. 집게벌레가 나비넥타이를 맨 모습을 상상해 보세요. 그게 바로 딜워스 선생님이라고 생각하시면 돼요.

"이게 어떤 상황인 거지?"

"무슨 말씀인지 잘 모르겠어요, 딜워스 선생님."

"왜 과학실 안에 곤충들이 돌아다니는 거야? 네가 곤충들을 가지고 무슨 일을 벌이려는 것 같은데?"

"누군가 곤충들을 풀어 줬어요."

"그렇겠지. 하지만 그보다 왜 곤충들이 이곳에 있는 거지?"

"곤충 컬렉션을 가지고 오라고 하셨잖아요. 발표를 해 보라고."

"발표라고? 무슨 발표?"

"저에게 말씀하신 그 발표 말이에요. 오늘 수업 시간에 곤충에 대해서 아이들 앞에서 이야기해 보라고 하셨잖아요."

"그런 부탁은 한 적이 없다."

어, 또 심장이 덜컹 내려앉는 느낌이에요.

"제 핸드폰에 선생님이 보내신 문자 메시지가 있어요.

제 팟캐스트가 얼마나 인기가 있는지 들으셨다고요. 그래서 곤충들을 데려와서 학생들에게 보여 주라고 하셨잖아요."

"물론 네 팟캐스트에 대해서 듣기는 했다. 또 네가 누나에게 불쾌한 장난을 친 것도 들었지. 하지만 너에게 문자 메시지를 보낸 적은 없어."

"그러면 누가 보낸 거죠?"

말을 끝내기도 전에 누가 문자 메시지를 보냈는지 알아차렸어요.

"딜워스 선생님, 혹시 어제 오후에 마지막 수업 끝날 때쯤 저희 누나가 핸드폰을 빌리지 않았나요?"

"아, 그래. 엄마에게 전화를 걸어야 하는데 집에 핸드폰을 두고 왔다고 했지."

젠장. 누나는 약삭빠르고 잔인해요. 곤충에 대한 이야기를 누군가 들어 주기를 원하는 제 마음을 정확하게 알고 있어요. 그래서 과학 선생님인 척하고 저에게 문자 메시지를 보낸 거죠. 저에게 희망을 심어 놓고 송두리째 빼앗았어요. 저는 거기에 홀딱 속아 넘어갔고요. 제가 졌어요.

"이기, 많은 사람들 중에서 카라가 이런 짓을 했다고 변명하는 거냐? 누나가 이런 심술궂은 장난을 쳤다고?

난 그렇게 생각하지 않는다. 우선 네 누나가 얼마나 곤충을 싫어하는지 알고 있다. 게다가 너는 내 허락도 없이 곤충들을 교실에 가져왔어. 지난 몇 주간 곤충들을 데려오고 싶다고 나에게 졸라 댔지. 왜 곤충들을 풀어 줬는지는 이해가 안 가지만, 최근 네가 못된 장난을 쳤다는 건 알고 있다."

"제가 풀어 주지 않았어요. 저는 절대로 그런 짓을 하지 않아요. 제가 아끼는 곤충들이라고요."

"그러면 누가 그랬니?"

제 생각에는 누나 짓인 게 분명해요. 주위를 둘러볼게요. 어딘가에서 제 모습을 지켜보고 있을 거예요. 웃고 소리를 지르며 저를 비웃는 아이들 사이에 분명히 누나가 있을 거예요. 대부분의 아이들이 핸드폰을 꺼내서 머리에 붙은 벌레를 떼어 내는 친구들을 찍고 있어요.

저기 있어요! 누나가 문 앞에서 의기양양한 표정으로 저를 비웃고 있어요. 저와 눈이 마주치자마자 나가 버리네요. 겁쟁이.

"이기!"

"네, 선생님."

"이제는 누가 곤충들을 풀어 주었는지 중요하지 않다.

이 상황을 정리해야 해. 곤충들이 과학실 밖으로 나가기 전에 모두 잡아서 상자에 넣어 주렴. 특히 개미들을 신경 써라."

"네, 선생님."

어떻게 개미들을 모두 모을지 모르겠어요. 아, 중국왕사마귀가 제 어깨 위에 앉았어요. 저를 알아보네요. 이 교실에 적어도 한 명의 친구가 있는 거예요. 인간보다 곤충을 좋아하는 편이 더 쉬워요. 조심스럽게 손 위에 사마귀를 올려서 상자 안에 집어넣을게요.

이제 타란툴라 차례예요. 두 마리 남은 타란툴라까지 다치게 하고 싶지 않아요. 둘 다 상자에 넣었어요. 자, 이제 안심이에요. 하지만 아직도 사마귀 대여섯 마리가 과학실 안을 날아다녀요. 전갈들은 어디에 숨었는지 모르겠어요.

"이기!"

"네, 선생님."

"이 일에 대해서 부모님과 이야기를 해야겠구나."

"네, 선생님."

"악!"

사마귀가 코에 달라붙은 한 여학생이 소리를 지르며 뛰

어가고 있어요. 뭐, 매일 볼 수 있는 장면은 아니죠.

　이곳을 어떻게 정리할지 생각해 봐야겠어요. 청취자 여러분, 이만 방송을 마칩니다. 다음 에피소드에서 만나요. 제가 그때까지 살아 있다면요.

에피소드 10
아빠와의 대화

여러분은 지금 '이기의 세계'를 듣고 계십니다. 다들 아시겠지만 저는 이기 잠비니입니다. 이번 에피소드는 '우주의 초대형 벌레들'을 촬영 중인 자전거 공원으로 걸어가면서 녹음하고 있어요. 원래는 부모님이 촬영하는 동안 여기 있어야 하지만 오늘은 거미를 데리고 집으로 돌아가는 편이 좋겠어요.

왕궁둥이의 상태는 아침보다도 더 안 좋아졌어요. 저는 왕궁둥이도 살펴볼 겸 친구들의 놀림도 피할 겸 학교에서 일찍 나왔어요. 그런데 왕궁둥이는 움직이지도 않고 물 한 모금조차 마시려 하지 않더라고요.

이제 팟캐스트에 에피소드가 좀 쌓였어요. 꽤 알려지

기도 했고요. 기뻐해야 할 일이에요. 하지만 이런 식으로 유명해질 것을 기대했던 건 아니었어요.

음, 베이스캠프로 사용하는 캠핑카 앞에서 아빠가 팔짱을 끼고 서 있어요. 저를 기다리는 것 같아요. 학교를 마치고 촬영장으로 올 때 엄마가 기다려 준 적은 있지만 아빠가 나와 있었던 적은 없었어요. 좋지 않은 예감이 들어요.

"아빠, 무슨 일 있어요?"

전 아무 일도 없었다는 듯이 인사했어요.

"이기, 과학 선생님과 통화했다. 딜워스 선생님, 맞지? 선생님이 오늘 과학 시간에, 그러니까 어떤 사고가 있었다고 하시더구나. 네가 과학실에 벌레들을 가져가서 다 풀어 줬다고? 도대체 무슨 생각을 했던 거니?"

"딜워스 선생님이 제가 벌레를 풀어 줬다고 얘기하셨어요? 제가 그랬다고요?"

"그래. 과학실이 온통 난장판이 되었다더구나. 학생 세 명이 겁을 먹고 조퇴를 했대."

"그 아이들보다 제 곤충들이 더 겁에 질렸어요. 아이들 발에 밟히거나 죽임을 당했을 수도 있었다고요. 그리고 개미들 중 절반은 사라졌어요."

아까 체육 시간에 로치가 팔다리를 흔들고 자기 몸을 마구 때리던 것으로 보아 개미들은 로치의 체육복 안에 새로 자리를 잡은 듯했어요.

"네가 벌레들을 아낀다는 사실은 알아. 하지만 왜 과학실에 벌레들을 풀어놓은 거니?"

"제가 안 그랬어요."

아빠에게 뭐라고 설명해야 할까요.

"그럼 뭐라고 설명할 거니?"

"여기 엄마 있어요?"

"아니, 지금 학교에서 네 벌레 상자들을 트럭에 싣고 있을 거다. 너는 집에 일찍 왔으면서도 엄마에게 사실대로 이야기하지 않았어. 그래서 엄마 혼자서 학교에 가서 뒤처리를 하고 있지."

"엄마 오면 이야기해도 돼요?"

"지금 이야기했으면 좋겠는데. 너 정말 벌레들을 모두 풀어 준 거니?"

"좋아요. 이제 와서 무슨 상관이에요. 네, 제가 풀어 줬어요. 딱 걸렸네요. 제가 벌레들을 모두 과학실에 풀어 줬어요."

"왜 그런 짓을 했지?"

"그게 중요해요?"

"이기, 오늘은 너답지가 않구나. 카라에 대한 에피소드도 올리지 말라고 했건만 넌 내 말을 듣지 않았지. 그리고 벌레까지 과학실에 다 풀어놓다니 믿을 수가 없어."

"아빠와 대화를 하고 싶어서 그랬겠죠."

"그건 또 무슨 뜻이냐?"

"아빠는 화가 났을 때만 저와 이야기하니까요."

"말이 심하구나. 우리는 늘 함께하잖니. 너는 학교가 끝나면 이곳 촬영장으로 오고."

아빠는 말다툼을 하다가 말을 멈추고 저를 쳐다보기만 할 때가 있어요. 지금처럼요.

"그건 내가 화를 참으려고 하기 때문이야. 지금은 다른 논쟁을 할 시간이 없다. 곧 촬영에 들어가야 해. 저쪽에 배우들이 기다리고 있어. 이렇게 시간을 낭비하는 것은 창문으로 그냥 돈을 던져 버리는 셈이지."

"그게 제가 하고 싶은 말이에요. 아빠는 저와 대화하는 것을 시간 낭비로 생각하잖아요."

"너는 지금 말꼬리를 잡고 있어."

"제가요? 아빠는 제 팟캐스트를 들어 본 적은 있어요?"

"단지 시간이 없었을 뿐이야. 저쪽에서 촬영이 끝나는

대로 들을 거란다."

"하지만 촬영이 끝나면 편집을 해야 하잖아요. 그다음에는 홍보도 해야 하고요. 그 이후에는 다음 프로그램이 시작되겠죠."

"나는 일을 해야만 해, 이기."

"언제나요?"

아빠는 제 물음에 대답을 하지 않고 창문 밖으로 누군가 오는 모습을 보고 있어요. 아, 짜증 나. 우리 누나예요. 오늘은 정말로 운이 좋은 날이네요.

"드디어 왔구나. 카라야, 다음 장면 찍을 차례야. 모두 너를 기다리고 있었다."

누나는 저를 투명 인간 취급해요. 팔짱을 끼고 제가 이곳에 없다는 듯이 아빠에게만 이야기를 해요.

"아빠, 이기가 저에 대해서 고자질을 한 것 같은데요. 지금 제가 과학실에 벌레들을 풀어놓았다고 말했죠?"

"네가 벌레들을 풀어놓았다고?"

이런, 아빠의 얼굴이 새빨갛게 변했어요. 하지만 누나에게 마구 화를 내지는 않겠죠.

"이기가 제 친구들 앞에서 저를 바보로 만들었어요. 아니, 더 최악이에요. 제 팬들 앞에서 완전히 망신을 줬다고요.”

“누나가 나에게 한 짓은 어떻게 생각하는데?”

“넌 팬이 없잖아, 멍청아. 팬은 말할 것도 없고 친구조차 없잖아. 사람들이 네 팟캐스트를 듣는 이유는 너를 좋아해서가 아니라 네가 이상해서야.”

이번만큼은 아빠가 제 편을 들어 주었어요. 한 손을 들어서 누나의 말을 막았어요.

“카라, 동생에게 그런 식으로 말하지 마라. 그건 못된 행동이야.”

“제가 못됐다고요? 이기가 제 사물함에 귀뚜라미를 넣었어요. 그 귀뚜라미들이 제 머리 위로 마구 올라왔고요. 또 옷 속으로⋯⋯.”

“그런 짓을 한 이유는 누나가 제가 타란툴라와 소꿉놀이하는 장면을 촬영해서 올렸기 때문이에요!”

아빠가 저를 마치 이전에 본 적이 없는 새로운 벌레라도 되는 듯이 쳐다보는 눈빛이 정말 싫어요. 그런데 아빠는 그런 눈으로 저를 자주 보곤 해요.

“누나가 네가 뭐 하는 걸 찍었다고?”

누나는 벌써 이겼다는 표정이에요.

“제가 예전에 가지고 놀던 인형 접시에다가 타란툴라

에게 식사를 차려 줘요. 그리고 타란툴라랑 놀다가 함께 드라마를 봐요."

"그래……."

"이상한 행동이 아니잖아요. 사람들은 모두 그렇게 살아요. 가족이나 반려동물과 함께 놀죠."

"또 이기는 매일 아침 거미를 재워 줘요."

"매일 아침이라고?"

"밤에 거미를 재워 줄 수는 없어요. 타란툴라는 야행성이거든요. 야생에서 타란툴라들은 낮에 자고 밤에 사냥을 해요. 어쨌든 왕궁둥이에게 베개를 베어 주거나 이불을 덮어 주지는 않는다고요. 그냥 숨을 곳을 찾아 주는 것뿐이에요."

"쟤는 자기 전에 타란툴라에게 동화도 읽어 줘요, 아빠."

"노래는 안 불러 주지, 아들아?"

"아주 가끔 불러 줄 뿐이에요."

"이기, 그런 행동을 하기에는 조금 나이가 들지 않았니? 타란툴라를 재워 준다고? 누가 그런 행동을 하겠니?"

카라 누나가 의기양양하게 머리카락을 뒤로 휙 넘겼어요.

"그러게 말이에요."

좋아요. 이제 아빠와 청취자 여러분께 설명해야겠어요.

"그건 이런 거예요. 왕궁둥이는 혼자 있어요. 친구가 아무도 없어요. 그래서 매일 제가 신경을 써 주죠. 외롭지 않게 가끔씩 놀아 주고요."

여러분, 빵 터지는 웃음소리는 누나가 낸 거예요.

"이기, 왕궁둥이는 거미야. 외로움을 몰라. 내 생각에 거미들은 혼자 있는 걸 더 좋아할걸."

"카라, 이기는 자기 자신에 대해서 이야기하는 것 같구나."

"아니에요."

잠깐만요. 아빠의 말이 맞는 것 같아요.

누나는 손을 들어서 제 말을 막았어요.

"난 촬영 의상 입으러 가야 해."

누나는 캠핑카 밖으로 나갔어요. 캠핑카 문이 끼익 닫히네요.

"이기, 팟캐스트 때문에 이런 장난을 계속할 수는 없어. 더욱 곤란해지고 말 거야."

"그래도 이렇게 하면 아빠가 관심은 가져 주잖아요."

"이기, 그게 무슨 말이냐."

"엄마와 아빠는 늘 누나만 생각하죠. 누나가 얼마나 스타의 자질이 있는지 그런 것들요. 드라마 배역도 주고요."

"네 누나는 훌륭한 배우야."

"알아요. 하지만 저나 제가 좋아하는 것들에는 시간을 내주지 않잖아요."

"벌레들 말이니? 난 너처럼 벌레들을 잘 돌볼 자신이 없구나."

"바로 그 말이에요. 아빠는 관심이 없잖아요. 왕궁둥이가 죽어 간다는 사실도 모르죠?"

"미안하구나."

"그러세요? 왕궁둥이가 저에게 얼마큼 중요한지는 아세요?

"네가 아끼는 거미라는 것은 알아."

"전 왕궁둥이를 사 년이나 키웠어요, 아빠."

"그렇게 오래됐나?"

"애완동물 가게에 가서 왕궁둥이를 사 온 날을 기억하세요? 그땐 정말 작은 새끼 거미였는데."

"왕궁둥이가 푸른색이었던 게 기억나는구나. 커다란 분홍발거미가 그때는 연약하고 푸르스름했지."

"아빠와 애완동물 가게에 가서 한참 동안 있었잖아요. 왕궁둥이가 커질 때를 대비해서 집을 고르고, 숨어서 시간을 보낼 수 있도록 흙도 고르고요. 그날은 저에게 정말 소중한 기억이에요. 아빠와 그런 시간을 더 많이 보내고 싶어요."

아빠는 죄책감이 들면 입을 꾹 닫고 난처한 표정을 지어요. 하지만 미안하다는 이야기는 하지 않죠.

"이제 너도 십 대가 되었으니 친구들과 어울려 놀면 더 좋을 것 같구나. 아빠보다는 말이다."

"누나가 말했듯이 저는 친구가 없어요. 있다 해도 아빠와 함께 시간을 보내고 싶어요. 제 아빠잖아요."

그때 캠핑카 문이 끼익 소리를 내며 열리고 누나가 다시 들어왔어요. 은빛 우주복 속에서 환하게 빛나는 스타 같아요.

"이기, 나중에 더 이야기하자꾸나. 저쪽에 스텝들과 배우들이 아빠를 기다리고 있어. 이런 시간까지 다 쳐서 나중에 돈을 지불해야 한단다. 자, 카라, 촬영장으로 가자."

"좋아요. 둘 다 가 버려요. 캠핑카 안에서 기다릴게요. 또다시 혼자가 되어서요."

아무도 대답을 하지 않았어요. 인사도 하지 않고 촬영장으로 가 버렸어요. 괜찮아요. 그래도 여러분과 이야기할 수 있잖아요. 안 그래요?

왕궁둥이의 죽음

쉿, 새벽 세 시예요. 엄마, 아빠, 누나는 모두 자고 있어요. 하지만 저는 잠을 잘 수가 없어요. 어젯밤 집에 돌아와 보니 왕궁둥이가 죽은 듯이 몸을 말고 있더라고요. 아직 죽지는 않았지만 다리가 힘없이 꼬부라져 있어요. 만일 제가 죽어 간다면 누군가 저를 지켜 주면 좋겠어요. 그래서 지금 전 왕궁둥이를 넣어 둔 중환자실 옆에 앉아 있답니다.

왕궁둥이가 허물을 벗는 것이 아니고 죽음에 가까워졌다는 것을 아는 이유는 반듯하게 하늘을 보고 누워 있지 않기 때문이에요. 타란툴라는 외피를 벗을 때 등을 대고 눕거든요. 사람들은 흔히 그걸 보고 죽은 거라고 생각하지만 그렇지 않아요. 탈피를 할 때에는 도움이 필요 없어서 가만히 놔두기만 하면 돼요.

저도 왕궁둥이를 만지지 않고 있어요. 괜히 스트레스를 주고 싶지 않기 때문이죠. 왕궁둥이가 평화로운 죽음을 맞이하면 좋겠어요. 저 때문에 심한 부상을 입었는데 가만히 내버려 두는 게 제가 해 줄 수 있는 마지막 배려인 것 같아요. 그날 누나에게 미리 경고하지도 않고 손바닥에 왕궁둥이를 올려 두지 말아야 했어요.

"이기? 네가 말하고 있는 거니? 누구와 함께 있니?"

엄마가 방문을 열었어요.

"아무도 없어요. 그냥 팟캐스트 녹음하고 있는 거예요."

"지금? 한밤중이야."

"왕궁둥이가 곧 죽을 것 같아요."

"아가, 이건 세상에 이야기할 문제가 아닌 것 같구나. 개인적인 일이야."

"하지만 이제 청취자가 생겼어요. 많은 사람들이 제 팟캐스트를 듣고, 저를 좋아해요."

"애야, 그들은 네가 누군지도 몰라."

"하지만 최근까지 누구도 저와 곤충에 대해서 이야기하려고 하지 않았어요. 엄마나 아빠도요. 누나는 말할 것도 없고요. 이제 적어도 누군가 제 얘기를 들어 주겠죠."

왠지 모르게 울고 싶은 기분이에요.

"아가, 이쪽으로 오렴."

보통 엄마가 안아 주면 제가 금세 몸을 빼 버리거든요. 제 말은 제가 엄마보다 약 15센티미터나 키가 크다는 뜻이에요. 하지만 지금은 엄마에게 안겨서 기대고 싶어요.

"아빠에게 어제 나눈 이야기를 들었어."

엄마가 한참을 안아 준 뒤 입을 열었어요.

"그런 이야기를 다 하지 말걸 그랬어요."

"이기, 그래도 괜찮아. 너는 아빠나 엄마에게 더 많은 관심을 받을 자격이 있단다."

"제가요? 엄마가 제 생각에 동의해 줄지 몰랐어요."

"엄마와 아빠가 그동안 '우주의 초대형 벌레들'에 집중하느라 너에게 신경을 쓰지 못한 것 같구나. 네 취미를 잘 이해해 준 것도 아니었어. 그래도 팟캐스트를 들으며 조금씩은 노력했단다."

"제 팟캐스트를 들었다고요?"

"처음에는 누나가 왜 그렇게 화가 났는지 알기 위해서 방송을 들었어. 그런데 멈출 수가 없더구나. 네가 곤충 소리를 얼마나 잘 흉내 내던지. 제법 귀여웠어."

"제법이라……."

"왕궁둥이가 다쳤을 때는 마음이 찢어지는 것 같았다."

"누나가 던져서 등에 금이 갔던 때요?"

"누나가 일부러 그런 게 아니잖니. 그리고 누나가 거미를 무서워하는 것을 알면서도 누나의 손에 왕궁둥이를 올려 두기도 했고."

"맞아요. 바보 같은 짓이었어요. 사람들이 제 팟캐스트를 더 많이 들어 줬으면 했어요."

"들어 주는 사람이 중요하니?"

"당연히 중요하죠."

"네가 곤충을 정말 좋아한다면 다른 사람들이 어떻게 생각하는지는 중요하지 않아."

"말은 쉽죠. 엄마와 아빠는 인기 있는 드라마를 제작하니까요."

"아니. 우리가 제작하는 드라마는 인터넷 방송이고 시청자도 많지 않아. 이번 시리즈는 손익 분기점을 맞출 수 있을지 걱정이구나. 지난번 제작한 드라마는 적자가 났거든. 시청률이 낮았어."

"그런데 왜 계속 드라마를 만들어요?"

"재미있잖아. 뭐, 언젠가 한 편 정도는 유명해지겠지.

그때까지는 우리가 좋아하는 일을 계속하는 거야."

"저는 팟캐스트에 곤충 이야기를 하는 게 좋아요."

"하지만 사람들을 끌어모으기 위해 누나를 겁주는 행동은 필요하지 않을 것 같구나. 그렇게 모인 청취자들은 네가 원하는 사람들이 아닐 수 있어."

"엄마 말이 맞는 것 같아요."

"너는 아빠와 닮은 점이 많아. 두 사람 모두 좋아하는 일에 굉장히 몰두하지. 너는 곤충에 푹 빠져 있고, 아빠는 다음에 촬영할 영화만 생각해."

"어떤 영화예요?"

"아빠와 시간을 보내고 싶으면 아빠가 몰두하는 프로젝트에 참여해야 한다는 사실을 아주 예전에 알았지. 아니면 아빠를 내 일에 참여시키든지. 그래서 엄마가 '우주의 초대형 벌레들'의 각본을 맡은 거란다. 그렇게 우리 가족은 더 많은 시간을 함께하게 되었지."

"그래서 누나에게 배역을 준 거예요?"

"누나는 배우가 되고 싶어 하잖아. 배역을 통해 경험을 쌓고 길이 열리기를 바라는 마음이야."

"하지만 전 어떻게 해요? 저를 제외한 나머지 가족들은 모두 웹 드라마와 관련된 일을 해요. 저만 이 가족의 진짜 식구가 아닌 것 같아요."

"너는 나에게 영감을 줬잖니, 이기. 네가 곤충을 좋아하지 않았다면 엄마는 '우주의 초대형 벌레들'을 쓸 수 없었을 거야."

엄마가 그렇게 말해 주니 기분이 좀 나아졌어요.

"어쩌면 제가 대본 집필을 도와드릴 수도 있겠어요."

"너는 내가 알고 있는 것보다 곤충에 대해서 훨씬 더 많이 알아. 엄마가 자문을 구할 수도 있겠구나. 그러면 우리가 더 많은 시간을 함께할 수 있을 거야."

"하지만 아빠는요? 제가 누나만큼 스타의 자질이 있는 것은 아니지만요."

"이기, 너는 존재감이 있어."

"제가요?"

"네 팟캐스트가 얼마나 재미있는지 몰라. 어쩌면 개성 강한 배우가 될지도 모르지."

우아, 갑자기 아이디어가 샘솟아요.

"엄마, 웹 드라마에 뭐가 가장 필요한지 아세요? 대벌레예요. 풀을 먹기만 하고 사냥하지는 않잖아요. 대벌레는 주변 환경에 어떻게 동화되는지 잘 알기 때문에 다른 생물들이 찾기 어렵죠. 나뭇가지나 나뭇잎으로 위장을 하거든요. 그러니까 '우주의 초대형 벌레들'에서 대벌레가 인간이 악한 곤충들로부터 숨을 수 있도록 도와주는 거예요."

"그래, 이기 넌 관찰력이 뛰어나구나. 드라마에 대벌레를 등장시키면 네가 그 역을 맡는 건 어떠니?"

"진심이에요?"

"아빠에게 상의해야 해. 어쨌든 아빠가 감독이잖니. 하지만 허락해 줄 거라고 확신한단다."

들으셨어요? 엄마가 저에게 웹 드라마 배역을 하나 제안했어요.

"이기, 넌 아빠와 시간을 많이 보내기를 원하잖니. 이것도 한 방법이 되겠구나. 아빠가 너를 사랑하는 건 알지?"

"알아요. 그런데 엄마?"

"왜 그러니, 아가."

"왕궁둥이가 죽지 않으면 좋겠어요."

"나도 그렇단다. 오랫동안 너의 친구였는데."

"거미를 좋아하는 게 그렇게 바보 같은 일인가요?"

"전혀 바보 같지 않아. 이제 좀 자렴."

엄마가 가신 뒤에 저는 상자 안에 웅크리고 있는 왕궁둥이를 계속 지켜봤어요. 정확히는 모르지만 내일 아침이 되기 전에 제 곁을 떠날 것 같은 느낌이 들어요. 왕궁 둥이가 정말 보고 싶을 거예요. 벌써 마음이 안 좋은걸요. 엄마 말이 맞는 것 같아요. 타란툴라의 죽음은 세상에 이야기할 문제가 아니에요. 이제 방송을 마쳐야겠어요. 저는 다음 에피소드를 들고 찾아올게요. 하지만 하루 이틀 정도는 방송을 쉬어야 할 것 같아요.

대벌레 영웅

여러분은 지금 '이기의 세계'를 듣고 계십니다. 전 진행을 맡은 이기 잠비니예요. 오늘은 신나는 날이에요. 전 지금 '우주의 초대형 벌레들' 촬영장에 와 있어요. 이번에는 팟캐스트를 녹음하러 온 게 아니에요. 저도 배역을 하나 받았거든요. 거대한 대벌레요. 착한 곤충으로 나와요. 거대한 사마귀에게 쫓기는 카라 누나를 숨겨 주는 역할이에요. 그러니까 영웅이에요. 대벌레 영웅요.

의상을 살펴볼게요. 엄마가 소매에 가짜 다리를 연결해서 바느질해 줬어요. 왜냐하면 대벌레는 여섯 개의 다리로 걸어 다니거든요. 의상을 입고 지지대 위에 올라서면 안 그래도 긴 다리가 더 길어 보여요. 지지대라고 했지만 사실 운동화 아래에 깡통 몇 개를 붙인 거예요. 엄마의 아이디어죠. 또 긴 갈색 몸통을 등에 바느질해 줘서 마치 꼬리처럼 보여요. 머리엔 안테나를 붙였어요. 전 키가 크고 말라서 대벌레 캐릭터에 자신 있어요.

하지만 카메라 앞에서 연기한다고 생각하니 긴장돼요. 금방 적응해서 긴장이 풀리면 좋겠어요. 이 의상을 입고 한 시간째 기다리고 있어요. 사람들이 영화 촬영에 대해서 잘 모르는 사실 중 하나는 대기 시간이 정말 길다는 거예요. 대부분의 배우들은 앉아서 기다려야 하죠. 지금 저는 카라 누나를 구하는 장면의 촬영 순서를 기다리고 있어요.

시간을 보내기 위해서 타란툴라 한 마리를 데려왔어요. 여기 상자 안에 있어요. 붉은 털이 난 타란툴라죠. 그래서 '로지'라는 이름을 붙여 줬어요. 초보자도 기르기 쉬워요. 물론 로지는 절대로 왕궁둥이를 대신할 수 없지만, 아마도 나중에는 첫 번째 거미를 좋아했던 만큼 애정을 쏟게 될 것 같아요.

저기 아빠가 와요.

"이기, 대벌레 의상을 입고 있는 모습이 그럴듯하구나. 정말 멋져."

"고마워요, 아빠."

"너와 함께 촬영하게 되어 기뻐. 넌 벌레에 대해서 잘 알고 있으니 벌레들이 어떻게 움직이는지 등의 정보를 줄 수도 있겠구나. 그러면 다른 배우들에게 연기를 지도할 때 큰 도움이 될 거야."

"정말로요? 멋지네요."

"고맙다, 얘야. 다음 장면을 찍기 전에 몇 가지 정리할 사항이 있단다. 십 분 후 쯤에 촬영장에 오거라. 촬영 시작하기 전에 간식을 좀 먹고 오렴. 누나가 저쪽에 있구나. 너무 돌아다니지 말고."

"당연하죠."

어차피 지지대 위에 올라서서 멀리 가지는 못할 것 같아요. 어제 이걸 신발에 붙이고 걷는 연습을 해야 했는데 말이에요. 누나가 하이힐을 신고 걷는 게 어떤 기분인지 조금은 알 것 같아요. 그래서 늘 까칠한 것 같기도 하고요.

누나는 간식 테이블 앞에 서서 접시에 음식을 한가득 올렸어요. 번쩍거리는 은빛 우주복을 입고 있는 모습이 이 드라마의 주인공임을 드러내 주죠. 하지만 이제는 저도 배역이 있어요. 쉿, 제가 팟캐스트를 녹음하고 있다는 사실을 알리고 싶지 않아요. 들키면 누나가 아무 말도 하지 않을걸요. 의상에 달린 가짜 다리에 핸드폰을 끼워 놓을게요.

"야, 의상 멋진데. 너에게 잘 어울려. 대벌레처럼 그럴듯해 보인다."

"고맙다고 말해야 하는 건가?"

"아냐, 진심이야. 대벌레에 어울리는 배우는 많지 않아. 좀 잘생겨 보이기도 하는걸?"

"정말이야?"

"그리고 엄마가 쓴 네 대사 봤어."

"난 말하는 대벌레야."

"무슨 말이야?"

"그냥 걸어 다니기만 하는 대벌레가 아니라 말하는 대벌레라고. 곤충식 유머야."

"무슨 말인지 모르겠다."

"신경 쓰지 마. 그건 그렇고 어떻게 지내? 요즘 통 안 보이길래."

"왕궁등이가 죽고 나서 너를 볼 면목이 없었어. 이기, 타란툴라와 소꿉놀이하는 영상 올려서 진심으로 미안해. 내가 나빴어. 지금은 그 영상 내렸어."

벌써 모든 사람이 다 봤으니 당연한 일이죠.

"그래, 나도 누나 사물함에 귀뚜라미를 넣지 말아야 했어."

"왕궁둥이 일 정말 미안해. 다치게 할 의도는 절대로 아니었어."

"내 탓이야. 누나 손에 왕궁둥이를 올려 두지 않았다면 그런 일은 없었을 거야."

"그래도 왕궁둥이를 떨어트린 사람은 나잖아. 그게 네 탓은 절대 아니야."

"다른 타란툴라도 두 마리 있어. 오늘 로지 데려왔는데 볼래? 귀엽지 않아?"

"귀엽다고? 진심이야? 거미를 보면 소름이 돋아."

"누나, 생각을 바꿔 봐. 특히 이 촬영장에서는 거대한 벌레들에 둘러싸여 있잖아. 자, 나를 봐."

"사람들이 벌레 의상을 입은 거지. 그건 달라. 설령 거미 의상이라고 해도 별로 가까이 가고 싶지 않아."

"거미에 대한 공포심을 극복할 수 있도록 도와줄게."

"거미를 무서워하는 게 아니야. 난 그냥 거미를 좋아하지 않아."

"그러면 거미를 좋아할 수 있도록 도와줄게."

"의심스러운데."

"손에 로지를 올려 두기만 해 봐. 자, 상자에서 꺼낼 테니 그냥 보기만 해."

"이기, 타란툴라를 만지면 안 될 것 같아. 지난번에도 상황이 안 좋게 됐잖아."

"그땐 마음의 준비가 안 됐을 때잖아. 깜짝 놀란 거지. 그냥 손바닥을 펴고 가만히 있어 봐."

"싫어!"

"시작이 어렵다면 내가 로지를 잡고 있을 테니까 누나가 몸통을 만져 보는 건 어때?"

"생각도 하기 싫어."

"그러지 말고 한번 시도해 봐. 거미가 무서운 거지?"

"말했잖아. 무서워하는 게 아니라고."

"그런 것 같은데. 얼굴에 얼룩덜룩 홍조가 생겼어."

"내 얼굴이 얼룩덜룩하다고? 안 돼. 오 분 후에 촬영이란 말이야. 내 우주복은 어때? 혹시 샐러드드레싱 묻었니?"

"몸통 한 번만 만져 봐. 만져 보면 새끼 고양이보다 부드럽다는 사실을 알게 될 거야."

누나가 타란툴라를 만져 볼 것 같아요.

"너 녹음하고 있는 거 아니지, 이기?"

"얼른. 로지 몸통을 만져 봐."

네, 누나가 손을 뻗으려고 해요. 자기 의지로 타란툴라를 만지려고 하는 거예요. 손을 내밀고 가까이 오네요.

"내 행동 좀 그만 설명해!"

"알았어. 그만할게."

해냈다! 누나가 타란툴라를 만졌어요!

"흠, 정말로 새끼 고양이만큼 부드럽네."

"손에 올려 볼래?"

"아니."

"에이, 그러지 말고. 손바닥 내밀어 봐."

"좋아, 해 버리지 뭐."

"로지를 떨어트리지는 않을 거지?"

"응."

"자, 여기."

로지가 누나 손바닥 위를 기어가요. 우아, 이것 보세요. 우리 누나가 타란툴라를 들고 있어요.

"생각보다 귀엽다, 이기. 다리가 여덟 개나 되고 눈이 많이 달렸지만 만지면 솜털이 보송보송해."

"다시 가져가도 돼?"

"응, 제발. 어서!"

촬영장에서 로지를 잃어버리지 않도록 다시 상자에 집어넣었어요.

"이기, 팟캐스트 그만둔 거야? 왕궁등이가 죽고 나서 새로 올라온 에피소드가 없던데."

"그만둘까 고민하기도 했어. 하지만 곤충에 관심이 있는 사람들 몇 명이 팟캐스트 게시판에 댓글을 달아 주더라고. 그중 한 명은 '트레이시 부스'라는 우리 학교 학생이야."

"그 치아 교정기 한 여자아이 말이야?"

"응. 걔가 곤충을 좋아하는지 몰랐어. 그 애도 사마귀랑 전갈을 키우더라고. 타란툴라도 키우고 싶대. 내일 점심 같이 먹으면서 더 이야기하기로 했어. 타란툴라 탱크 꾸미는 걸 도와줄까 해."

"너 여자 친구 생긴 거야?"

"모르겠어. 여자 친구로 발전하지 않을지도 모르지. 어쨌든 같은 관심사를 가진 친구들이 좀 생겼어."

"축하해. 진심이야. 그러면 팟캐스트 계속하는 거야?"

"응. 이제는 내가 하고 싶은 이야기를 하려고 해. 더 이상 유명한 게스트를 끌어들이지 않고, 억지로 상황을 꾸

미지도 않을 거야. 곤충에 대한 이야기만 할 거야.”

“사람들에게 곤충에 대해서 설명해 준다는 거야?”

“그러려고 해. 청취자가 많든 적든 상관없어.”

“네가 자랑스럽다, 이기.”

“그래?”

“곤충 팟캐스트를 해서 행복하다면 누가 어떻게 생각하는지가 뭐가 중요해? 넌 나보다 더 용감한 것 같다. 나는 사람들이 나를 어떻게 생각할지 신경 쓰거든. 그건 정신 건강에 좋지 않아.”

가끔 누나의 말에 놀랄 때가 있어요.

“이기, 순위를 올리고 싶거나 더 많은 청취자를 원하면 나에게 말해. 한두 개 에피소드에 참여할게. 네가 나에게 곤충에 대해서 설명해 주는 거야. 그렇다고 내 머리에 올리지는 말고.”

“진짜? 내가 그런 짓을 했는데도 내 팟캐스트에 나와 주겠다고?”

“그럼.”

“고마워. 안 그래도 지금 이 대화 모두 녹음했거든.”

“뭘 했다고? 이기, 핸드폰 내놔. 그 의상을 입고 어디로 도망가려고 그래.”

청취자 여러분, 죄송합니다. 뒤뚱뒤뚱 도망가야겠어요. 제 의상으로는 그렇게밖에 안 되겠어요. 누나가 은빛 우주복을 입고 또 저를 쫓아와요. 간식 테이블에서 도넛을 집어서 저에게 던졌어요. 방송을 마칩니다!

곤충과 팟캐스트가 만나기까지

먼저 빅토리아곤충동물원의 제이미 처디악 원장님께 감사를 드립니다. 가정에서 키우는 곤충에 대한 많은 질문에 친절하게 답해 주셨어요. 캐나다 브리티시컬럼비아주에 있는 이 동물원에 방문하기를 강력히 추천합니다. 직원들의 열정이 대단해서 곤충에 대해 애정을 갖게 되는 곳이에요. 직원들이 방문객들에게 설명해 주는 모습을 보고 영감을 얻어 이야기의 많은 장면을 집필할 수 있었어요. 왕궁둥이의 갑작스러운 죽음과 대벌레를 닮은 이기의 외모도 포함해서 말이에요. 빅토리아곤충동물원에 가게 된다면 인형의 집에서 반려 곤충을 키우는 사람이 이기뿐만이 아니라는 사실을 알게 될 거예요. 물론 이곳에서는 바퀴벌레가 그 주인공이지만요. 사마귀

알이 담긴 상자도 살 수 있어요. 더 자세한 사항은 홈페이지 (https://www.victoriabugzoo.ca)에서 확인해 보세요.

반려 곤충을 키우고 싶나요? 인터넷에 정보가 많아요. 하지만 지역에 따라 어떤 곤충을 키우는 일은 법으로 금지되어 있어요. 곤충을 구입하기 전에 여러분의 나라에서 그 곤충을 키우는 것이 괜찮은지 먼저 확인해 보세요. 근처에 곤충 전문점이 있으면 물어보는 것도 좋아요. 저는 캐나다 브리티시컬럼비아주의 캠루프스에 있는 '토탈펫' 가게에서 곤충에 대해 잘 알고 있는 직원을 만났어요. 또 앤트 캐나다(https://www.antscanada.com)에서 개미굴을 어떻게 만드는지에 대한 정보도 얻었답니다.

팟캐스트를 해 보고 싶다면 저의 홈페이지(https://www.gailanderson-dargatz.ca/cms)에서 마크 레이렌 영의 '리소스' 게시판을 클릭해 보세요. 마크의 이야기는 이기의 팟캐스트에 영감을 줬어요. 예전보다 팟캐스트를 시작하고 관리하는 일이 쉬워졌어요. 복잡한 장비는 필요 없고, 핸드폰에 애플리케이션을 다운받기만 하면 돼요. 사용법은 전화를 거는 일만큼 쉽답니다.

게일 앤더슨 다가츠

작지만 완벽한 이기의 세계

무언가에 푹 빠져 있는 사람은 사랑스럽습니다. 특정 분야에 열정을 가지고 몰두하는 사람들이 세상을 바꿉니다. 그들에게는 지식을 뛰어넘는 어떤 숨겨진 힘이 있기 때문이지요. 이 책의 주인공 이기는 거미와 전갈은 물론 곤충을 좋아합니다. 아니, 좋아하는 것을 뛰어넘어 곤충 박사라고 할까요. 곤충에 대해서는 모르는 것이 없습니다. 하지만 대벌레를 닮은 외모와 사회성이 부족한 성격 때문에 이기의 취미는 누구에게도 존중받지 못합니다.

모두가 이기의 상자 속에 들어 있는 곤충이 징그럽다고 피하지만 이기는 아랑곳하지 않아요. 그 점이 이기의 가장 큰 힘이자 매력이죠. 이기는 이름만 대면 특징을 줄줄 설명할 정도로 곤충에 대해 해박할 뿐만 아니라 자신의 방에서 직접 타란툴라, 왕사마귀, 귀뚜라미를 키우며 애정을 쏟아붓습니다. 과연 나는 무언가에 그런 열정을 가진 적이 있었는지 생각해 봤습니다.

매일 자전거를 타는 사람, 용돈을 아껴 운동화를 모으는 사람, 자신이 좋아하는 팀의 경기를 모두 챙겨 보는 사람, 책 사는 것이 인생의 가장 큰 기쁨인 사람……. 제가 만났던 열정을 가진 사람들입니다. 이들은 자신이 좋아하는 것에 대해 이야기할 때 눈이 보석처럼 빛납니다. 자기 안에 자기만의 작은 우주를 가졌기 때문이죠. 그 우주가 아무리 사소하더라도 그들은 자신의 내면에 완벽한 세계를 이룹니다.

누나와 여러 문제를 일으키지만 이기는 반짝반짝 빛나는 소년입니다. 남들이 인정하는 일을 적당히 따르기보다는 누가 뭐라 해도 자신이 좋아하는 주제를 포기하지 않습니다. 팟캐스트를 시작한 것도 그런 이유입니다. 창피와 모욕에도 이기의 열정은 줄지 않습니다. 그렇게 '이기의 세계'를 만들어 냈습니다. 여러분도 자신이 좋아하는 무언가를 찾고, 그것에 열정을 쏟는 반짝이는 사람이 되면 좋겠습니다. 자신 스스로 만든 세계는 어떤 세계보다 아름다울 테니까요.

백현주

이기의 세계 ON AIR

펴낸날 | 초판 1쇄 2022년 7월 15일

글 | 게일 앤더슨 다가츠   옮김 | 백현주
편집 | 곽미영   디자인 | designforme

펴낸곳 | 봄의정원   등록 | 제2013-000189호
주소 | 03935 서울시 마포구 월드컵북로 260, 31-309(성산동)
전화 | 02-337-5446   팩스 | 0505-115-5446
이메일 | eunok9@hanmail.net

ISBN 979-11-6634-026-0 43840

품명 도서   **제조년월** 2022년 7월 15일
사용연령 8세 이상   **제조사명** 봄의정원
제조국 대한민국   **연락처** (02) 337-5446
주소 서울시 마포구 월드컵북로 260, 31-309